KB269563

인간을 향하여
인간을 넘어서

인간을 향하여 인간을 넘어서

김주연 산문집

문이당

작가의 말

웃통 벗고 문학에 대해 말하는 일 이외에도 간혹 사회와 인생에 대해, 그리고 인간과 신에 대해, 아, 무엇보다 나 자신에 대해 두서없이 중얼거리는 일이 없지 않았다. 말은 생명이라는데, 생명을 무절제하게 낭비한 것은 아닌지 두려울 때도 없지 않지만 그대로 모아서 책으로 엮어 낸다. 이런 종류의 책으로는 네 번째인데 이번에는 정년 퇴임이 그 핑계다. 사람들의 말이 무질서하게 얽히고 있는 세상에 공연한 피로를 더하는 것은 아닌지 송구스럽다. 말들이 정리되고, 생각들이 정리되어, 좀더 정리된 세상이 펼쳐질 수 있도록, 우리 모두 겸손해질 수 있다면!

2006년 여름

김 주 연

차 례 / 인간을 향하여 인간을 넘어서

제2장 귀신을 넘어서

제3장 문학, 욕망의 심연에 빠지다

제1장

세 치 혀가 세상을 바꾼다

문화가 거부되는 야만의 정치판

최근 대선, 총선을 거치면서 이상한 풍조랄까, 묘한 기류가 이 사회에 흐르고 있어 적이 놀랍고 한편으로는 염려스럽다. 그것은 일종의 문화 거부 현상이다. 가장 비근한 예가 학력-대학-지식에 대한 조롱, 비하, 거부의 공공연한 언행이다. 지금은 물밑으로 가라앉은 듯하지만 한때 모 국립대 폐지론이 거칠게 제기됐었다. 이유인즉, 그 대학 출신들이 사회의 온갖 요직을 독점하고 있으며, 이로 인해 그 대학 진학을 위한 병폐가 극심하다는 것.

소도 웃을 이유이다. 그것은 그 학교가 좋은 학교이기 때문 아닌가. 좋은 대학을 나오면 좋은 자리에 진출하기가 쉬우니 좋은 학교에 입학하고자 사람들이 몰리는 것은 지극히 당연한 사회의 움직임이며 순리다. 이를 빌미 삼아 그 대학을 없애면 그다음 좋은 학교인 A, 또 그다음의 B, 이런 식으로 해서 C, D, E…… 등 대학을 폐지하고, 마침내 마지막 남은 대학도 없애야 한다는 논리가 나온다.

문제를 지적하자면 모든 대학들이 그 국립대, 혹은 그 이상의 수준을 향해 노력하라고 말해야 할 것이다. 그 대학 역시 자기 쇄신은 지극한 당위이다. 이 당위는 대학이 대학다워져야 하는 오메가 포인트이다. 대학이 대학다워져야 한다는 뜻은 대학이 단순한 교육 기관 이상의 기관, 즉 참다운 문화 기관이 되어야 한다는 것이다. 대학은 의무 교육 기관이 아니다. 이 말을 뒤집으면, 대학이 없어도 그 사회의 구성원은 최소한의 생존이 가능하다는 이야기가 된다. 그렇다면 대학은 단순 생존 그 이상의 의미에서 그 존립의 명분이 나온다. 그것이 문화다. 우리는 생존만으로 만족할 수 없으며, 적어도 '문화적 생존'을 지향한다.

숱한 개념의 시도들에도 불구하고 문화의 본질은 여전히 '섬세'와 '세련'에 있다. 생존에는 왕도가 없다. 그러나 문화적 생존에는 갖추어야 할 원칙이 있다. 먹고살기 위해서는 물질적 실존, 육체적 실존에 머무를 수밖에 없을 때가 많지만 문화는 그 이상이어야 한다. 어떻게 사는 일이 인간적인 삶, 바람직한 삶, 올바르고 멋있는 삶인가에 대한 끊임없는 성찰의 자세와 훈련이 곧 문화다.

그러므로 문화는 거칠고 야생적인 것, 날것, 원시적인 것, 소박한 것의 극복으로부터 고안되고 산출되는 그 어떤 것들, 그러니까 세련되고 섬세한 것들의 총칭이다. 단순 소박한 야생은 그 자체로 원시적인 힘이지만, 아직 분화되지 않은 자연일 뿐이다. 문화는 그 미분화된 세계를 분석하고 종합하기를 거듭하면서 인간들만이 이룰 수 있는 미세한 정신을 창출한다. 과학과 예술은 그 대표적 범주다.

어디 이들뿐이랴. 현실적으로 그 힘이 강력하게 발휘되는 정치와 경제 분야에서도 그 섬세와 세련은 최고의 가치가 되어야 한다. 가령 함부로 내뱉은 언어는 정치와 경제를 미개 수준으로 추락시킨다. 17대 국회의원이 된 어떤 30대는, 자신은 학력도 높지 않고 대중적 언어를 구사하는 사람을 바로 그 이유 때문에 대통령으로 지지했다고 씩씩하게 밝힌 바 있는데, 이런 마음씨는 세련과 섬세를 본질로 하는 문화적 태도와는 거리가 있다. 정치 행위가 여전히 위력을 발휘하는 우리 사회에서 마치 문화 거부를 자랑삼는 듯한 위정자의 발언은 참으로 듣기에 민망하다.

대중적 언어라는 그럴듯한 표현은 결국 문화를 솔직하지 못한 '포장'쯤으로 여기기 십상이며, 막말을 오히려 소박한 정직

성으로 미화시키기 일쑤다. 우리 사회를 분별없는 무질서, 그리고 엽기적인 폭행의 분위기로 만드는 온갖 폭언의 요람도 결국 이곳이다. 네티즌들의 일반적 행태가 되어 버린 욕설과 막말은 폭언을 거쳐 폭행으로 성장하고, 끔찍한 범죄의 유충(幼蟲)이 된다. '살인'과 '잔혹'을 제목으로 삼는 영화들이 뜨고, 이어서 대량 살인이 현실화되는 이 폭언 사회에서 우리 모두 공동 정범의 책임을 벗어나기 힘들 것이다. 학문과 예술을 존중하고, 그 핵심인 점잖은 말의 운용을 실천하는 일은 그 분야만의 그럴싸한 멋을 위한 것이 아니다. 이제는 우리 삶이 좀 점잖아져야 하기 때문이다. 거친 말들로 정의를 외치는 목소리들은 온유한 문화의 체를 통해 나타날 때, 보다 깊은 울림으로 사람의 가슴을 적시고 사회를 움직인다. 공부 좀 합시다.

샤머니즘이 발호하는 속 까닭은

　내가 사는 곳에서 시내로 나가는 좌석 버스의 좌석 앞에는 인생의 진로를 역술인과 상담해 보라는 광고가 자리마다 붙어 있다. 사업과 결혼은 물른 건강, 이사 등 그야말로 인생의 모든 분야를 무소불위로 관장하는 삶의 나침반이 몇 개의 전화번호 속에 늠름하게 앉아서 호출을 기다린다. 물론 버스 속뿐만이 아니다. 지하철 광고판에도, 길거리의 전신주에도, 신문 광고란에도, 아니, 인터넷에는 아예 독립 사이트로 역술이 인기를 끌고 있는 모양이다. 점, 혹은 무술(巫術)이 언제부턴가 역술(易術)이라는 그럴싸한 용어도 통일되면서 우리 일상생활의 깊숙한 곳까지 스며드는 양상을 띠고 있다. 광고 아닌 기사의 일부로까지 등장하여 지금은 웬만한 일간지에도 이른바 운세란이 매일 실리고 있다. 마침내 최근에는 지도급 인사들 사이에서도 운칠기삼(運七技三)이니 뭐니 하면서 운과 점의 중요성을 믿는 듯한 분위기가 널리 확산되고 있는 것 같아 가벼운 염려 수준을 넘어 심각성을 띠고 있다.

점술은 그 표현이 무술이든 역술이든 혹은 굿이든 간에 우리 고유의 언어로 나타나는 미신이다. 이즈음엔 일부에서 이것을 전통문화의 한 부분으로 미화하려는 움직임까지 있으나 미신은 미신이다. 195, 60년대에는 미신 추방이라고 해서 점술이 사회적으로 금기시되고 발을 붙이지 못했다. 그것이 아무리 우리 문화의 전통적 요소와 관련이 있다고 하더라도, 그 내용이 비문화적인, 바람직스럽지 못한 것이라면 비판하고 극복해야 할 것이다. 사회 모든 분야에 걸쳐 개혁이 요구되는 현실에서 샤머니즘의 타파와 극복이야말로 개혁의 요체라고 하겠다. 합리적 시민 사회를 지향하는 21세기에 굿과 점이 사회 현실의 전면에 떠돌아다니는 이 현상은 해괴하기 이를 데 없다.

나 개인적으로도 샤머니즘의 극복은 문학 비평의 출발점이었다. 작고한 김현 씨, 그리고 김병익, 김치수 씨와 함께 저술한 《현대 한국문학의 이론》(1972)에서 그 같은 취지를 분명하게 천명했으며, 허무주의의 불식과 더불어 그것은 1960년대 4·19 세대의 일관된 세계관이자 문화 의식이기도 했다. 문학을 업으로 삼고 글을 써온 지 40년 가까운 세월 동안 우리 문학은 이러한 면에서 많은 발전을 거듭해 왔다. 그러나 이제 홀연히 다시 만나게 된 샤머니즘과의 이 무거운 조우는 대체 어떻게 설명되어야 한단 말인가.

샤머니즘은 그것이 보편성의 진리를 결여하고 있다는 점에서 시대착오적이며 반문화적·비인간적인 것으로 비판된다. 이미 많은 연구가 이와 관련되어 행해졌고, 또 행해지고 있는데, 그 결론은 한결같이 요행과 무책임, 가족 이기주의와 같은 부정적인 것으로 드러나 있다. 부귀다남, 입신양명과 같은 일종의 슬로건이 그 가치를 압축하고 있는 바, 그것들이 외세(민족적인 것이든 가족적인 것이든)에 대하여 자기를 보존하는 기능을 가지고 있었다는 사실이 인정된다 하더라도 문화와 공의(公義) 같은 보다 큰 가치와는 먼 거리에 있었다. 이러한 샤머니즘은 원시 공동체 사회, 혹은 고대 사회에서는 그 나름의 의미를 지닐 수 있었다. 그러나 오늘날의 민족 공동체, 더 나아가 글로벌 시대의 인류 공동체에서는 그 가치관이 맞지 않는다. 비록 가벼운 장난기에 의한 것이라고는 하지만, 최첨단으로 개발된 MP3 핸드폰으로 기껏 오늘의 운세나 알아보고 히히거리는 젊은이들이 있다면 얼마나 코믹한 일인가. 사실, 하드웨어와 소프트웨어 사이의 이러한 간극에 우리 사회의 불안정이 있는 것이 아닌가 하는 생각에 나는 문득문득 사로잡힐 때가 있다. 사회 발전도 이제 이 같은 파행성을 역동성이라는 이름으로 자기 합리화하는 습관에서 벗어나 다소 시간이 지체되더라도 의식과 무의식이 보조를 함께하는 화평의 기반 위에서 이루어져야 할 것이다.

위정자들을 포함한 모든 지도층, 지식인들부터 비합리적인 파토스의 세계를 열정으로 위장하거나 샤머니즘적 제스처로 말놀이를 하는, 재미 삼아 하는 컴퓨터 게임 같은 승부를 즐기지 않았으면 좋겠다. 공의와 사랑이 조용히 실현되는, 한 단계 높은 가치로 올라서 본다면 얼마나 좋으랴.

역사는 청산 아닌 극복의 대상

과거사 청산 문제가 뜨겁게 논의되고 있다. 그러나 역사는 청산이나 정리되는 것이 아니다. 그럼에도 우리는 '청산'이니, '정리'니 하는 말들을 곧잘 입에 올린다. 청산하고 싶고 정리하고 싶은 역사가 있기 때문이다. 가까운 세월 전의 군사 독재, 그 너머의 남북 분단과 6·25 전쟁, 그리고 이를 초래한 일제 식민 통치의 비극 등……. 청산하고 정리하고 싶은 과거의 역사는 정말이지 그 앞 시대에도 수두룩하다. 오죽하면 생각조차 하기 싫다고 하지 않는가. 그럼에도 생각하지 않을 수 없는 형편이 되었다. 오욕의 역사를 들출 수밖에 없게 되었는데, 미상불 갖가지 악취가 풍겨 나올 모양이다. 그러나 그 고약한 냄새 때문에 청산, 정리를 덮어 두자는 주장은 옳지 않다. 오히려 가능하다면, 그 더러운 잔재를 깨끗이 청소하면 더 좋을 것이다. 그 잔재에 속한다고 스스로 생각하는 사람들을 제외하면 속 시원한 청소를 희망하지 않는 사람들은 아무도 없을 것이다. 문제는 그 청산이 역사에서는 거의 불가능해 보인다는 사실에 있다.

답답하다. 그러나 할 수 없다. 역사가 선조적(線條的)으로 발전한다고 믿는 사람은 이제 어디에도 없다. 역사학자 E. H. 카의 반세기 스테디셀러인 《역사란 무엇인가》에 의하면, 역사란 아이러니이다. 정의와 선이 승리하고, 그 바탕 위에서 다시 정의와 선이 확장된다면 좋으련만, 그렇기는커녕 때론 그 반대의 현상도 일어나고 그것을 바로잡으려는 노력이 도리어 엉뚱한 결과를 빚어내기도 하는 역사……. 그래서 아예 역사란 믿을 게 못 된다는 일종의 비관론자도 있었다. 19세기의 J. 부르크하르트 같은 역사학자도 말하자면 이런 부류에 속했고, 물론 그 외에도 많다. 이런 비관론자들을 역사와 현실의 답답함에 무릎 꿇은 패배주의자들이라고 일갈하는 것은 쉬운 일이지만, 사실 그 이상의 대책은 없다.

한번 일어난 일은 아무리 발버둥 쳐도 지워지지 않는다. 어떤 의미에서는 발버둥 칠수록 이쪽의 기분만 언짢아지고, 마침내 분노의 감정만 증폭되는 경험을 우리는 종종 하게 된다. 과거는 잊지 말되 뒤돌아보지는 말자는 잠언과 같은 다짐이 여기서 생겨난다. 청산, 정리 아닌 극복의 논리도 이때 설득력을 얻는 것이다.

극복이란 대체 무엇인가. 극복에는 그 대상이 있다. 극복, 혹은 극복하려고 하는 자의 자리에서 볼 때 그 대상은 아예 없었으면 좋을, 전혀 바람직하지 않은 인물들이나 사건들이다. 그러나 이미 존재했었고, 지금도 그 모습이 다양한 형태로 남아 있어 못마땅하다. 이때 극복은 그것들을 다시 불러내어 따지는 일 대신, 자신의 존재와 능력으로 이를 제압하는 태도이며 방법이다. 이 방향으로 가지 않는 한, 남은 길은 너무 좁고 강퍅하다. 배제되고 억압당했던 쪽에서 자연히 한풀이의 마당으로 달려갈 수밖에 없기 때문이다. 그 모습은 인간적이지만 문화적이지는 않다. 소설가 이청준 씨의 영원한 주제가 바로 이 갈등 아니던가. 《서편제》의 남도 소리는 한을 한으로써 풀지 않고 승화시켜 얻은 승리의 예술 양식이기 때문에 우리의 심금을 울리는 것이다.

해방 이후의 반세기 우리 역사는 동족상잔의 고통과 그 폐허로부터 재기한, 슬픔과 기쁨을 함께 안고 있는 역사다. '재기'만을 생각할 때 거기에는 가슴 벅찬 자부심이 충만하지만, 다른 한편으론 그 절반이 넘는 사반세기 동안 군사 독재의 억압 아래 숱한 인권 유린과 말 못할 아픔을 겪어 온 민중들의 한이 서린 역사다. 노무현 정부의 출현은 이 같은 민중의 승리로 역사적 성격이 특징지어질 것이다. 그렇다면 그 승리는 대통령 개인이나 여당만의 승리가 아닌, 배제, 억압, 유린으로부터의 회복이라는 의미를 가진다. 말하자면 그들의 승리로 과거 청산의 문제는 이미 '극복'된 것이다. 지난 대선, 총선은 그런 의미에서 단순한 정권 다툼 이상의 역사적 의의가 있다고 할 수 있다. 이제 남은 일은 집권한 민중의 참다운 모습을 보여 주는 것이다. 민중은 그저 민중이기 때문에 위대한 것이 아니다. 반만년 역사의 오점으로 기록되는 한풀이의 정서를 반복하지 않고 역동력과 섬세한 지혜, 거기에 겸손과 온유의 마음씨로 미래를 열어 갈 때, 조야(粗野)하다는 비판을 넘어 역사의 참된 승자가 될 수 있으리라.

허위와 허세의 헛된 싸움

추석이 지나갔다. 정치가 어지럽고 경제가 어려운 가운데에
도 고운 한복 차려입고 떡메를 치고, 송편을 빚는 풍경은 우리
마음을 한없이 안온하게 해주었다. 작은 땅, 멀지 않은 고향이
건만 새삼 그곳을 찾아 열 시간 넘는 교통 체증을 마다하지 않
는 모습은, 옛것이면 무조건 낡은 것으로 몰아 버리는 세태 속
에서 차라리 아름답기까지 한 우리만의 풍물 같아서 가슴 한구
석이 알알했다. 추석과 그 풍속은 확실히 우리 민족이 자랑해
도 좋을 멋이라고 할 만하다.

그러나 이른바 명절 증후군이라는 것이 있다. 이날을 앞두고
공연히 바빠지고 불안해하는 주부들, 부모님 선물과 돈 준비로
걱정하는 남정네들. 명절 당일에는 만남의 기쁨도 잠시, 부모

형제간에 옥신각신 말다툼이 일쑤고, 부엌일에 허리가 휜 여인네들 입에서 한탄과 불평이 질펀해진다. 뿐인가, 처음에 반갑다고 시작한 술자리가 놀음판으로 번지다가 이윽고 주먹질 싸움판으로 바뀌기 예사이니, 번지르르하게 시작된 명절의 그 맛이 말씀 아닌 꼴이 되는 일이 얼마나 많은가. 구수한 토란국 맛이 아닌 죽을 맛만이 남는 명절. 아마도 추석 때만의 일은 아닐 것이다.

한국 정신의 방법적 특징 가운데 가장 두드러진 것이 있다면 그것은 명분론(名分論 혹은 名目論, Norminalism)일 것이라는 점에서 반론의 여지가 없을 것이다. 겉으로 드러나는 것이 속의 실재와 다른 이러한 명분주의는 조선조 주자 사상의 중요한 철학으로서 소위 '양반, 물에 빠져도 개헤엄은 안 친다'는 속설의 배경을 이뤄 왔다. 그것은 현실의 유·불리, 혹은 부와 결핍에 일희일비하지 않는 의연함의 강조로서, 말하자면 멋의 이데올로기다. 생각해 보라. 갓 쓴 도포 자락의 사내가 저 살겠다고 허우적허우적 개헤엄을 친다면 얼마나 꼴불견이겠는가. 그러나 그것을 거부하면 죽을 수밖에 없다. 물론 죽어 가는 멋도 있다. 그러나 그것은 특정한 상황에서 특정한 인물에게 해당될 수 있는 멋일지언정 한 사회의 규범으로서는 지극히 비현실적이며, 나아가 허세의 관념이라는 비판 앞에 설 수밖에 없다. 소설가 최인훈의 표현에 따르면 '관념과 풍속의 괴리에 따른 비극'이다. 나는 그것을 맛없는 멋이라는 말로 부르고 싶다.

맛없는 멋의 기이한 전통은 오늘날에도 우리 사회를 그 기저에서부터 직·간접으로 움직이고 있는 듯하다. 명분은 그럴듯하지만, 현실은 그게 아닌 상황으로 세상은 언제나 어지럽다. 표리부동하기 때문이다. 조선조의 견고한 이데올로기였던 삼강오륜의 그늘 뒤에서 얼마나 무시무시한 궁중 모반과 가족 참극 같은 패덕이 자행되었던가. 삼강오륜은 그 당시로서는 필요했던 덕목이었을지 모르나, 인간을 그 규범에 강제시키는 불능(不能)의 폭력이었던 것이다. 왜냐하면 근본적으로 인간은 그 같은 능력도, 심지어는 선한 의지도 애당초 결여된 한갓 피조물이기 때문이다. 그 숱한 역사 드라마와 문학 작품의 산 증거들을 우리는 매일매일 보고 있지 않은가. 지나친 멋, 가장 멋있어 보이는 멋일수록 허위에 가깝다는 견해는 역설 아닌 진리일 수 있다.

남이 보기에는 그렇지 않은데, 그들 스스로는 멋지다고 주장하면서 온갖 그럴싸한 명분을 내세우는 이들이 소위 정치인들이며, 이들이 모여 있는 동네가 정치판이다. 우선 그들은 사람들 앞에 나서 출마라는 것을 하면서 명분을 파는 허위 과장 광고를 시작한다. 그들이 하는 일이 무엇인가. 상대방은 멋없고 자기만 멋있다는 것 아닌가. 자기 당만 옳고 다른 당은 그르다는 것 아닌가. 자연히 싸움은 명분 싸움으로 치달을 수밖에 없고 이 과정에서 맛은 없어지고 있는 맛마저 모두 떨어져 버린다.

지금 나는 정치인들을 포함한 우리 모두에게, 멋만 있으면 뭐하나 맛이 있어야지 하는 생각을 갖고 멋과 맛이 어울리도록 살 것을 권하고 싶다. 정치에 명분론적 측면이 강하다면 경제는 실속이 있어야 하니 멋과 맛의 관계가 아니랴. 문학을 비롯한 문화는 어쩌면 그 통합의 장이리라. 허위와 허세의 헛된 싸움을 버리고, 인간과 사회는 그렇게 잘나지도 못나지도 않은, 신의 선물이라는 사실을 저들이 겸손하게 깨우쳐야 할 텐데……

국가가 대학을 누를 수 있는가

대학 입시 제도를 둘러싼 논란이 끊임없이 계속되고 있다. 며칠 전 정부안이 발표되었지만, 이로써 문제가 종식되었다고 믿는 국민은 별로 없을 것이다. 정부안은 고등학교 내신 성적을 중시하는 것을 골격으로 하고 있는데, 대학 쪽에서는 이를 탐탁하게 여기지 않고 있다. 내신의 내용 자체를 믿을 수 없는 데다가 엄연히 존재하는 학교 차를 무시할 수 없다는 것이다. 고등학교, 특히 차별당하고 있다고 생각하는 학교의 교사들과 학부형들은 근본적으로 그 차별을 인정할 수 없다면서 항의한다. 이런 모습은 얼핏 보아 대학 진학의 한 방법론에 관계된 일 같지만 사실은 우리 사회의 이념 구조에 관한 본질적인 문제로서, 이에 대한 올바른 인식이 선행되지 않는다면 모든 대책은 미봉책이 되고 말썽은 지속될 수밖에 없다. 대체 무엇이 문제인가.

문제는 '대학'이란 무엇이며 더 나아가 '인간'이란 어떤 존재인가 하는 점에 대한 이해 속에 들어 있다. 먼저 우리는 인간은 평등하게 창조되었지만—링컨의 게티즈버그 연설에서 가장 명쾌하게 밝혀졌듯이—그 형태에 있어서나 능력에 있어서 결코 평등하지만은 않다는 사실 자체를 진지하게 받아들일 줄 알아야 한다. 쌍둥이도 똑같지 않다는 평범한 진리를 짐짓 수용하지 않으려는 데서 왜곡된 평등 이데올로기가 발생하고, 이를 무리하게 사실화하려는 과정에서 현실과는 괴리된 주장들이 나타나며, 그것들이 마침내 분란의 싹으로 자란다.

한편 대학은 그 숱한 인간들 가운데서 필요한 인재들을 골라 자신의 건학 이념과 교육 방침에 따라 교육시켜 더 좋은 인재로 양성하고자 하는 문화적 욕망의 제도물이다. 오늘의 사회가 대중 사회로 진입했다는 사실을 인정한다 하더라도 이 같은 원초적 욕망과 그 에너지의 운동은 부인하려 해봐야 할 수 없는 것이다. 그것은 국가가 발생, 발전하기 이전부터 자생적으로 태동된 대학의 운명이다.

자, 보자. 1871년 통일 독일이 비로소 탄생하였지만 베를린 자유 대학은 그보다 앞선 1810년에, 하이델베르크 대학은 수백

년 전인 1386년에 세워지지 않았는가. 기본적으로 대학을 세우고자 하는 인간의 욕망은 지식 욕구, 발전 욕구라는 본능과 관계되며 국가를 갖고 싶어 하는 안전의 욕구보다 선행하거나 최소한 병립하는 것이다. 대학은 국가에 예속되는 기관이 아니라는 뜻이다. 국가가 대학을 도울 수 있을는지는 모르나 그 행로에 개입할 수 없는 이치는 이 밖에도 수두룩하다.

민주화가 되었다고 한다. 민주화 세력으로 불리는 정당이 의회의 과반수를 차지하였으니 이 평가는 정당해야 하리라. 그런데 어찌 된 셈인지 대학 입시를 통한 대학 정책을 바라보는 나의 눈에는 민주화가 잘 보이지 않는다. 대체 민주주의란 무엇인가. 개인의 자유와 자율성에 대한 존중 아닌가. 이를 통해 각 개인의 능력을 극대화하고 그 결집을 통해 사회 발전이 이루어진다는 믿음의 이데올로기 아닌가. 지난날 군사 독재에 의해 이 원리가 억압당하는 꼴을 겪어 왔으며 오늘의 민주화 세력은 이에 맞서 투쟁하였고 지금 그 이력을 자랑한다. 그런데 독재의 잔재인 대학의 개성 억압을 철폐하는 데 앞장서지는 못할망정 왜 그것을 오히려 강화하는 정책을 거드는지 이해가 되지 않는다.

오늘날 대학은 입시 제도를 포함하여 여러 형태의 국가적 간섭을 겪고 있다. 대학은 한편으로는 교육 시장의 원리에 의해 학생이라는 말 대신 등장한 교육 소비자들의 눈치를 보면서 다른 한편으로는 시장과 관계없는 국가의 눈치를 본다. 학생들은 학부모와 교사 혹은 그들 단체들의 지원을 등에 업고 소비자 단체로서의 압력을 가하며 정부는 이를 직·간접으로 도와준다. 게다가 대학을 향해서는 무슨 무슨 평가라는 이름으로 간단없는 지도를 행한다. 대학은 교육 시장인가 아니면 국가 기관인가. 종사원의 한 사람인 교수로서 당혹을 지나 비애를 느낄 때도 있다. 최근 국내 유수한 대학 총장들이 더 이상 인내할 수 없다는 듯 대학에 자율을 달라며 절규하고 있다. 자율성을 갖지 못한 대학은 자율적으로 아무런 연구와 교육도 할 수 없는, 배정된 젊은이들의 임시 수용소에 지나지 않는다. 인재가 부일 수밖에 없는 국부(國富)가 몰락하는 모습이 안타깝다.

진보는 파괴가 아니다

몇 해 전 프랑스의 한 저명한 건축가가 방한했을 때였다. 우리 측 인사들은 한국의 눈부신 건설상(建設相)에 대해 자랑 섞인 브리핑을 했다. 2, 3년이면 생기는 아파트 단지, 역시 그 정도 기간이면 세워지는 고층 빌딩, 그보다 약간의 시간이 더 소요될 뿐인 도로와 지하철……. 우리 사회의 발전을 압축해 표현할 수 있는 이런 현상은 뽐낼 만한 업적임이 분명하다.

그러나 그의 입에서 나온 말은 뜻밖이었다. 한국인들은 짓기도 잘하지만 부수기도 잘한다는 것이었다. 옛것을 놓아두고 그 옆에 새것을 짓는 저들의 관습에 비추어 볼 때 한국의 건설 풍토는, 이른바 무절제한 개발 위에 파괴를 병행하는 아이러니로 투영될 수밖에 없었을 것이다.

거의 모든 일이 그렇다. 새것이 하나 도입되는 순간, 옛것은 제압되고 철거된다. 이런 생활양식 속에는 새것은 좋은 것, 옛것은 나쁜 것이라는 생각이 잠복해 있다. 그 생각의 전형적인 표출은 최근 우리 사회 일각에서 나타나는 진보는 좋은 것, 보수는 나쁜 것이라는 의식의 왜곡이다. 작고한 어느 평론가는 십수 년 전에 이런 성향을 이미 '새것 콤플렉스'라는 말로 잘 분석한 바 있다.

이런 현상의 실례들은 도처에 있다. 사조나 사상가의 이름이 하나 들어오면 그 내용의 올바른 소개도 생략된 채 지식 사회의 유행이 되고, 여기서 소외되면 지적 낙오자가 되는 풍토. 자동차든 냉장고든 새것이 나올 때 곧장 바꾸지 못하면 열등 가정으로 백안시되는 풍토. 새것을 좋아하지 않는 사람은 없겠지만, 문제는 새것 때문에 옛것을 너무 쉽게 버린다는 점에 있다. 요즈음은 아예 옛것에 머무는 일체의 태도와 사람들을 가리켜 수구 꼴통이라고 한다던가.

세상은 새로워지고 또 새로워져야 한다. 사람 또한 끊임없이 새로워져야 한다. 인간이나 사회 모두 유기적 생명체이기 때문이다. 가장 전통적인 인간학이라고 할 수 있는 문학에서 추구되는 최상의 가치는 '새로움'이다. 그러나 이 새로움은 단순한 신기(新奇) 아닌, 사물을 바라보는 시각의 독창성이며 자기 쇄신의 몸짓이다. 그것은 치열한 자기비판이라고 할 수 있다. 그러나 그것은 기성 질서나 가치관에 대한 무조건적 거부나 파괴를 의미하지는 않는다. 비판은 새로움을 낳고, 그 새로움은 옛것의 옆 자리에서 신구의 대비를 통해 도전을 꿈꾼다. 그 도전은 다시 새로운 도전을 만나고, 신구의 대비는 부단히 계속된다.

우리는 지금 변혁기를 살고 있다. 정치적 변혁, 기술적 변혁, 도덕적 변혁, 그리고 마침내 풍속 자체가 변하는 소용돌이 속을 지나고 있다. 그 변화는 불가피한 것이지만 변화 자체가 선(善)은 아니다. 오늘 우리에게 혼란이 있다면 변화 자체에 원인이 있는 것이 아니라 그것만이 선인 것처럼 인식하는 잘못된 현실에 있다. 자동차를 타고 가는 사람과 자전거를 타고 가는 사람에게는 이용 방법의 차이가 있을 뿐 선악의 개념은 개입되지 않는다. 그래도 굳이 선을 선택한다면, 오히려 스피드한 기술 문명과 도시 사회가 아니라 그 뒤안길에 버려진 고향의 토담집이 아닐까.

이런 나의 진술이 낡은 복고의 음색으로 읽혀서는 안 된다. 빠름과 더불어 느림을, 성급함과 함께 침착함을, 의(義)의 강박과 함께 타자에 대한 깊은 배려를 나는 강조하고 싶을 뿐이다. 사실 새로움 때문에 옛것이 지켜지지 못하고 소멸된다면, 그 새로움 역시 조만간 같은 길을 갈 수밖에 없다. 정치의 문제는 다르다는 주장이 있다. 그러나 구악은 물러가고 개혁이 이루어져야 한다는 그런 주장이 더 이상 신선하게 들리지 않는 까닭은, 그 음성의 새로움에도 불구하고 방식은 너무나도 낡은 것이기 때문이다.

사실 옛것은 낡아 보이고 더 이상 유효해 보이지 않는다. 그러나 그것을 지켜 주는 사회는 아름답다. 문화와 전통이란 그 통 속에 향기만을 담고 있는 것은 아니다. 그것이 무엇이든 하나씩 축적되어 갈 때, 시간과 더불어 선별이 가능해지고 참다운 쇄신, 진보가 이루어지리라.

전승되는 정치적 교만

만인은 만인에 대한 적이라는 말이 실감 나게 우리를 괴롭힌 한 해였다. 대통령 일을 시작한 지 얼마 되지도 않은 분을 국회에서 다수의 힘으로 탄핵하더니, 이번에는 그 반발로 허구한 날 촛불 시위가 그치지 않았고 마침내 그 세력이 새 국회의 다수당이 되었다. 두 세력은 보수와 진보라는 이름 아래 사사건건 대립해 왔으며, 그 갈등과 분열의 풍경은 세모를 앞둔 지금도 여전하다. 상황이 이렇듯 치열하게 된 데에는 원인이 있다. 사반세기를 넘는 군사 독재 체제와 그 후유증이라는 말로 요약할 수 있는 왜곡된 역사가 그것이다. 그러나 요약은 쉽지만 그 처방은 쉽지 않다. 청산하고 새 출발하면 될 것 같은데, 문제는 그리 간단치 않다.

우리 모두 그 역사의 한복판을 가로질러 살아왔기 때문이다. 그 독재 시대에 철공장이 생겼고, 고속도로가 놓였고, 자동차를 타게 되었기 때문이다. 우리의 이 육체적·물질적 실존을 어느 누가 부인할 수 있으랴. 때문에 독재 타도를 외치면서도 조금은 민망할 수밖에 없었고 역사의 모순과 아이러니를 체험하면서 까닭 없이 부끄러울 수밖에 없었던 것이다.

이제 독재 시대는 끝났다. 그러나 그와 관련된 유제(遺制)들은 여전히 많이 남아 있다. 여당이 앞장서고 있는 이른바 4대 입법 추진의 현실은 독재의 퇴장과 더불어 이러한 정치 환경도 청산되거나 개선되어야 할 당위성을 말해 주고 있는 것이다. 그러나 문제는 그 당위성이 말처럼 그렇게 쉽게 실행될 수 없다는, 보다 깊은 현실 인식이 간과되고 있다는 점이다. 하버마스가 말하듯, 이론과 실천의 충돌은 여기서도 한 전형적인 사례를 부각시킨다. 책상 위의 당위성은 삶의 복합성과 만나면서, 보다 더 질펀한 당위, 즉 실존의 당위와 씨름할 수밖에 없게 된다. 어떻든 살아남아야 한다는 문제는 사회적 정의와는 다른 차원에서의 가치일 수 있기 때문이다.

나치에 항거하여 싸우다 죽은 본회퍼와는 또 다른 시각에서, 나치 시대를 살다 간 대학 총장 하이데거와 시인 고트프리트 벤이 존경받는 독일의 현대사에 우리가 주목할 수밖에 없는 이유는 무엇일까. 비록 어두운 시대를 살아온 사람일망정, 인간의 논리적 타당성대로만, 그의 복잡한 삶이 단순하게 평가될 수 없는 존재인 것이다. 그에게 가능한 유일한 선택이 있다면 거듭나는 길밖에 없다. "우리가 우리에게 죄지은 자를 용서하여 준 것같이 우리 죄를 용서하여 주시고……"로 이어지는 주기도문의 내용은 기독교만의 교리가 아닌, 인간 사회의 진리이리라. 대체 다른 어떤 길이 유효하겠는가. 모든 인간은 유한한 인간들이 만들어 가는 온갖 제도의 틀 안에서 생존할 수밖에 없는 것을.

　가치가 새로워지고 모델이 새로워져야 한다. 사람이 새로워지는 데에는 한계가 있다. 못난 사람, 부족한 사람, 청산되어야 할 사람에게는 가혹한 매질 대신 사랑이 명약이다. 과거 독재 시대 때 탄압받고 유린당한 386세대의 투사들 중 많은 사람들이 정치인이 되었다. 그들이 바라고 외쳤던 것은 민주주의였다. 이제 그들은 바람직한 민주주의를 보여 줄 위치를 확보하였다. 젊은 열정과 혈기로는 과거의 탄압자들과 그 세력, 그 제도를 싹 쓸어버리고 싶을지 모른다. 그러나 그 과정과 모습은 그들이 비판하고 매도했던 과거의 세력들과 분명히 달라야 한다. 이제 그들은 무엇보다 겸손하고 온유해야 한다. 무엇이 참 민주주의인지 작은 것부터 보여 주어야 한다. 그들이 과연 무엇을 위해 싸워 왔는지 온 국민 앞에서 증명해 보인다면 얼마나 고마운 일이겠는가.

　조금이라도 손해 보면 결코 참지 않고 싸우고자 덤비는 거친 마음들이 올해에는 좀 조용히 잦아들었으면 좋겠다. 걸핏하면 데모하고, 단식하고, 소송하고……. 왜 이렇듯 자신의 생각만이 옳다고 험악하게 주장하는 것인지. 진리는 메이커인 신의 것. 기껏해야 제품인 우리들, 너무 교만하고 높은 목소리로 시끄럽게 살아온 것은 아닌지 되돌아볼 일이다. 자, 새해부터는 무엇이든 낮은 목소리로 말합시다. 이 시대의 강자인 민주 투사들부터 모범을 보여 준다면 오죽이나 평화로울까.

상자 속 게들의 심보

게들을 담아 두는 통에는 뚜껑이 없다고 한다. 게들이 잔뜩 들어 있어도 밖으로 도망칠 염려가 없기 때문에 뚜껑이 필요 없다는 것이다. 긴 시간은 아니지만 실제로 나는 그 광경을 지켜본 일이 있다. 게 한 마리가 밖으로 나오려고 기어오르면 다른 게가 손(발?)을 뻗어 오르는 게를 잡아 내리는 것이 아닌가. 이런 식으로 게들은 서로서로 밖으로 나가려는 동료들의 다리를 잡아당김으로써 결과적으로 한 놈도 밖으로 탈출하지 못하는 상황을 반복하고 있었다. 글쎄, 내가 그 자리를 떠난 뒤 밖으로 나오는 데 성공한 놈이 있었는지는 모르겠다.

한국인의 성격을 게들에 비유하는 경우가 있는데, 그 모습을 목도한 일이 있는 나로서는 그 말에 동의한다. 누가 무엇을 좀

성취하면 그것을 칭찬하고 뒷받침하기보다는 자꾸 끌어내리려
고 하는 성질이 어찌 그리 게를 닮았는지! 앞으로 질서 있게 가
기보다는 옆 걸음질 좋아하는 습성도 비슷하다. 확실히 우리네
성격에는 이 같은 시샘이랄까, 좀 거창하게 말하면 맹목적인
동등 의식이 있는 것이 사실이다.

링컨이 게티즈버그 연설에서 말했듯이 "인간은 동등하게 태
어난다(All men are created equal)"는 것은 진리다. 그러나 그
것은 인간으로서의 인격적 평등—천부 인권에 관한 확인이며
보고다. 인간으로 태어나기는 동등하지만, 그가 지닌 개성과
능력은 각기 다르며 그것들은 성장과 더불어 다양하게 전개되
기 마련이다. 한 명의 탁월한 지도자와 한 사람의 민중은 인권
에 있어서 동일하지만 그의 영향력과 지위에서는 서로 다를 수
밖에 없다.

인격이 훌륭한 사람과 범죄자가 있으며, 창의적인 예술가와
지식인, 그리고 수동적인 기능인 사이에는 큰 차이가 있을 수밖
에 없다. 부유한 자와 가난한 자, 공부를 잘하는 자와 그렇지 못
한 자는 다를 수밖에 없는 것이 현실이다. 그럼에도 불구하고
우리 사회에서는 짐짓 이 같은 현실이 무시됨으로써, 불필요한
갈등이 야기되는 일이 많다. 어쩌면 우리 사회 혼란의 심부에는
이 같은 게의 심보가 있는 것은 아닌지 돌아볼 필요가 있다.

가령 우리는 걸핏하면 '-면 다냐?'는 말을 곧잘 한다. 부자면 다냐, 공부만 잘하면 다냐는 것은 이중 단골 아이템이다. 부자나 공부 잘하는 이를 액면 그대로 인정할 수 없다는 속내가 노골적으로 표면화된, 전형적인 어투다. 그러다 보니 사람에 대한 건전한 비판 아닌, 무조건적인 공격이 마치 상투화된 집단 무의식처럼 사회의 표면에 흐르고 있다.

훌륭한 인재를 기른다거나 좋은 기업, 인류 학교를 만들어 가는 일이 애당초 무용한 일이 아닌가 하는 일종의 허무주의가 은연중 자라나는 것 같아 두려울 때도 없지 않다.

재산과 학력에 관계없이 모든 사람들이 그 인격과 인권에 있어서 차별 대우를 받아서는 안 된다는 점과, 모든 사람들이 그 능력에 따라서 다양한 사회적 진출을 한다는 사실은 분명히 구별되어야 한다. 이러한 인식이 존중되는 사회가 바로 민주 사회이며, 민주 시민은 각기 그들의 얼굴 모습이 다르듯이 서로 다른 능력과 개성에 의해 개화된 사회적 성취의 상황도 다르다는 것을 존중해야 한다. 생각해 보자. 서로 깎아내리고 잡아당겨서 모든 사람들이 바보같이 같아진다면 발전의 개념은 존재하지 않는다. 전체의 발전은 개개인의 발전을 통해서 이루어지는 것이 구체적인 삶의 진실이다. 우리 모두 일류가 되자. 게들의 못난 모습을 닮는 못난 짓은 제발 그만두자.

경계가 무너지면 끝이다

여러분들은 포스트모더니즘을 아시는가. 남자와 여자, 어른과 아이, 더 나아가 선과 악, 의와 불의의 경계까지도 인정하지 않으려 드는 세기의 해괴한 사조를 아시는가. 모든 권위와 질서를 뒤집으면서 그 속의 허구를 캐내는 저 불온한 파도가 마치 쓰나미처럼 세상을 휩쓸고 있는데, 막상 그 속에서 조난당하고 있는 우리 자신은 그 정체를 제대로 모르고 있는 것 같다. 얼마 전 두 공영 방송에서는, 며느리가 시어머니를 때리고, 공연 도중 가수가 옷을 벗고 성기를 흔들어 대는 미증유의 사건들이 발생했다. 엄청난 사태는, 그러나 가벼운 사과 한두 마디로 그 뒤처리가 흐지부지 되었을 뿐 해프닝처럼 지나가 버렸다. 쓰나미의 물속에 잠긴 처지에 몸이 온통 젖은 줄도 모르고 기껏해야 모두 관객이 되어 있는 형상이다.

포스트모더니즘은 모더니즘의 극단이다. 모더니즘 자체가 인간 중심주의의 높은 깃발인데, 이것이 더욱 극단화된 양태이니, 인간 중심을 넘어서 교단의 퍼레이드가 된다. 피조물인 인간, 자연의 일부인 인간이 마치 죽음마저 넘어설 수 있다는 듯 설쳐 대는 상황은 코믹하지 않을 수 없다. 문학 작품 안에서 부모 자식 사이의 구별이 없어지고 성행위 내지 변태가 오히려 찬미되는 상황은 벌써 오래된 풍경이다.

예컨대 촉망받는 작가 김영하의 소설인 《나는 나를 파괴할 권리가 있다》, 《오빠가 돌아왔다》와 같은 작품들에서 그 광경은 이미 친숙하다. 가령 〈오빠가 돌아왔다〉를 보면 스물 살 먹은 오빠가 가출했다 돌아오며 열일곱 살 소녀를 데려와 동거를 시작하는데, 아버지가 이를 말리자 도리어 아들이 아버지를 때린다. 그런가 하면 시체들이 주인공들이 되고 인간이 동물이 되어 버리는 소설도 있다. 《아오이 가든》이라는 이름의 소설인데, 편혜영이라는 신인 작가가 쓴 이 작품에서는 아예 산 자와 죽은 자, 인간과 동물의 경계가 모호하다. 이러한 세계는 벌써 10여 년 전부터 시작된 이른바 엽기의 세계인데, 날이 갈수록 주제의 중심부로 들어오면서 세상의 모든 공간을 괴담이 지배하는 변종과 추문의 나라로 만들어 간다.

　이쯤 되면, 모든 인간은 죄인이라는 기독교의 전언이 아니더라도, 모든 인간은 정말이지 정글의 야수들, 혹은 습지의 벌레들과 다를 바 없는 더럽고 야비한 존재들이 틀림없어 보인다. 문학 속의 가능태(可能態)가 TV를 통해 구체적으로 현실화되었으니 이제 남은 일은 TV를 벗어난 진짜 현실로의 진입뿐 아니겠는가. TV 관계자들은 현실을 고발했다고 하지만, 고발은 재현을 통해서 이루어지지 않는 것. 그 자체가 고발 아닌 악의 현시(顯示)라는 것을 몰랐다면, 우리 방송의 무지와 그 수준이 딱할 따름이다. 그러나 어찌 방송만 탓하겠는가. 바야흐로 모든 경계가 무너지고 있는 것을.

　경계의 무너짐은 어쩌면 그 자체가 신의 징벌인지도 모른다. 인간 교만의 상징이었던 바벨탑을 허물면서 신은 인간의 언어들을 혼잡케 하였다고 창세기는 말하고 있지 않은가. 경계가 무너지는 것은 혼잡이며, 경계는 결국 질서의 보루라는 뜻이다. 이렇게 볼 때 질서는 창조의 원천이며, 생명의 형태다. 인간을 비롯한 모든 생명체는 유기체적 질서 속에서 바로 그 생명을 지켜 간다. 장이 제자리를 벗어나면 탈장이 되고, 곧 생명을 위협한다. 부모는 부모이며 자녀는 자녀이지, 그 자리를 바꾸거나 그 사이의 경계가 제거되어서는 안 된다. 사회의 정치질서도 마찬가지다. 그 질서는 시민이 선출한 대표들에 의해 지켜져야 한다. 그러나 이즈음은 법이나 제도, 그리고 질서를 답답한 구태나 보수로 비판하면서 이에 대한 도전을 신선한 것으로 자랑하는 분위기가 퍼져 있다.

도전은 신선하지만 그것이 제도의 자리에 앉는다면 이미 도전이 아니다. NGO나 시민 단체의 운동과 정부는 당연히 구별되어야 하며, 책임 있는 조직이나 담당자는 분명한 책임감을 갖고 당당하게 공무를 수행해야 한다. 필요한 모든 경계는 아름답다.

통합은 무조건 모든 것을 받아들이는 것

분단되어 있는 현실 때문인가, 통일에 대한 열기가 뜨겁다. 그러나 우리 주변의 상황은 오히려 그 반대인 듯하다. 남북통일은 고사하고 동서 간의 대립마저 심각하다. 얼마 전 도로 개통 문제로 성남 주민과 용인 주민이 벌인 대결의 모습은 너무도 살벌해서 이래서는 어떤 종류의 통일도 우리에겐 불가능한 것이 아닐까 하는 생각까지 들었다.

그럼에도 불구하고 지식인, 위정자들을 포함한 모든 사람들은 입만 열면 통일, 통일이다. 지역 대결의 구도를 허물겠다는 위정자들의 다짐은 헛된 구두선(口頭禪)이 된 지 오래다. 국민통합이라는 말도 모든 토론장에서 반드시 실현되어야 할 명제로 애용되고 있다. 그리하여 '통일'과 '통합'은 이의와 반대를 허락하지 않는 절대선으로 군림한다.

그러나 이러한 강조와 역설(力說)이 역설적으로 통일과 통합이라는 낱말을 값싼 말놀이의 수준으로 떨어뜨리고 있는 것은 아닌지 되돌아볼 때가 된 것 같다. 말하자면 그것은 실현되어야 할 명제이며, 우리 모두는 이를 위해 침착한 방법론을 찾고 고민해야 할 때라는 것이다. 이 부분이 생략될 때, 통일과 통합은 정치 용어의 범주로 격하되고, 진부한 표어가 된다. 벌써 이들은 그렇게 된 감이 짙다. 대체 누가 통일과 통합을 반대할 것인가.

그러나 아이러니컬하게도 통일과 통합은, 그것을 힘주어 주장하는 사람들에 의해서 저지되거나 지체되고 있는 현실을 우리는 너무 자주 목격한다. 왜냐하면 통일이나 통합은 기본적으로 양자, 혹은 다자(多者)의 양보를 전제로 하고 있는 것인데, 목소리 높여 이를 주장하는 이들일수록 이 전제가 아예 무시되고 있기 때문이다. 양보해야 할 사람, 혹은 나라나 지방 내지 어떤 요소는 항상 상대방에게 있다고 그들은 생각한다.

이즈음의 현실을 보아도 사정은 마찬가지다. 독선을 비난하고 화해와 양보를 주장하는 정치인들일수록 상대방에게 배타적이다. 그들은 불의하기 때문이라는 것이 그 변이다. 통일과 통합을 말하려면, 타자의 이념이나 색깔, 과거나 취향을 가리거나 따져서는 아무것도 이루어지지 않는다. 상대방을 연민으로 바라보는 시선, 나아가 그들을 사랑하는 마음으로, 상대방을 있는 그대로 껴안으면서 잘못은 내게도 있다는 생각으로 자신의 일정 부분을 포기할 때 통합은 가능하다.

오늘 우리 사회가 통일과 통합에 대해 그 어느 때보다 뜨거운 열정을 드러내면서, 또 지역 대결의 구도를 바로잡자는 당위를 강조하면서도, 오히려 그 어느 때보다 갈등을 빚고 있는 까닭은 바로 여기에 있다. 그럴 것이 통합과 청산이라는 모순된 명제를 함께 내걸고 있기 때문이다. 통합은, 타자—상대방이 비록 더러운 죄인이라도 함께 껴안는 세계이며, 청산은 그를 도려내어 제거하는 방법이다. 둘은 결코 함께 살 수 없다. 생각해 보자. 과거가 있는 여인과 결혼을 하고 싶다면서 그녀에게 청산을 요구할 수 있는가. 이미 존재했던 과거는 아무리 청산했다고, 혹은 청산시켰다고 해서 청산되는 것이 아니다. 정녕 결혼—통합을 원한다면 이쪽에서 이와 관련된 모든 현실을 수용할 수밖에 없다. 일방적으로 용서를 선언하고, 자기 스스로에게 관용의 논리를 끊임없이 습득시켜야 한다. 이것이 성숙한 인간이며, 성숙한 사회의 모습이다.

덧붙여 더욱 중요한 명제가 있다. 그것은 통일이나 통합이 정치적 시도로서는 한계를 지닌다는 사실을 우리는 깊이 인식

할 필요가 있다.

사람은 모두 다른 다양한 존재이며, 지역 또한 모두 다른 다양한 특색을 지닌 전통과 관습의 장소다. 그들, 혹은 그것들 사이에는 엄연히 구별되는 경계가 있으며, 통합이라는 이름 아래 소멸되지 않는 독자성의 알리바이다.

A와 B라는 사람이 다른 목소리를 내는 것이 민주 사회의 풍경이듯 A라는 지역과 B라는 지역이 다른 목소리를 내는 것도 민주 사회의 풍속이므로 이를 너무 부정적으로 볼 필요는 없다. 기민당이 바이에른 지방을, 사민당이 노드라인-베스트팔렌 지방을 오랫동안 정치적 거점으로 삼고 있는 독일의 상황이 꼭 낯설지는 않다. 문제는 언제나 타자와의 평화적 공존이다.

세 치 혀가 세상을 바꾼다

워싱턴의 엘링턴 국립묘지에서 가장 화려한 자리를 차지하고 있는 사람은 존 F. 케네디 대통령이다. 그는 자녀와 다른 남자에게 재혼해 갔던 부인과 함께 가장 좋은 위치에 큰 자리를 차지하고 있는데, 그 주위에는 그의 연설문까지 큰 글씨로 새겨져 있다. "국가가 여러분을 위해 무엇인가를 해줄 것을 기대하기 전에 여러분이 국가를 위해 무엇을 할 수 있을지 생각해 달라"는 저 유명한 말을 포함한 그 내용들은 방문객으로 하여금 여러 가지를 생각게 한다.

워싱턴 곳곳에 초대 대통령 워싱턴을 비롯한 여러 명의 훌륭한 대통령, 예컨대 제퍼슨이나 링컨을 기념하는 장소나 건물이 있지만 그 가운데서도 유독 케네디만이 이토록 국민의 사랑을 독점하다시피 하는 이유가 무엇일까. 사실 케네디는 재임 기간 중 이렇다 할 업적을 남기지는 못했다. 그럼에도 불구하고 미국민의 뇌리에 위대한 대통령, 사랑받는 대통령으로 기억되는 까닭은 확실히 순발력과 지혜, 재치를 두루 갖춘 그의 명연설과 무관하지 않다는 것이 나의 생각이다.

케네디는 대통령이 되는 과정에서부터 연설, 즉 말과 깊은 인연이 있었다. 물론 이미 상원 의원이라는 정치인으로 활약하고 있었으나 그의 인기가 치솟게 된 것은 대통령 후보로 나서서 닉슨과의 TV 토론을 치른 다음부터였다. 미국민의 자부심을 고취시키고 용기를 북돋워 준 명연설 덕분에 그는 승승장구 백악관으로 달려갈 수 있었다.

케네디의 이러한 출세 과정은 정치인에게 있어서 말, 언어의 중요성을 일깨워 주는 데 아주 중요한 전범이 되었다 할 수 있다. 무릇 정치 행위란 본질적으로 언어 행위를 바탕으로 하고 있기 때문이다. 예컨대 대통령이 하는 일이란 그 대부분이 말을 통해서 이루어진다. 대통령으로 선출되기 위하여 유세를 벌이고 정책을 세우는 일도 말로써 행해지는 것이며 대통령이 되고 난 다음 회의를 주재하고 지시를 내리는 일도 말을 통해서 수행된다. 우리나라 대통령도 간혹 농촌이나 공장을 방문해서 직접 기계를 만져 보고 벼를 심어 보는 일 따위를 하기는 했으나 그것은 일종의 정치적 제스처의 범주 안에 드는 일이었다.

그러나 많은 한국인은 말과 행동을 이분화하여 말은 별로 좋지 않은 것, 행동은 좋은 것이란 이상한 도식을 갖고 있는 듯하며, 이 도식을 특히 정치인에게 요구하기 일쑤다. 그리하여 정치인 스스로 선거철이 되면 "나는 말만 하는 정치인이 아니라 행동하는 정치인이 되겠다"는 소리를 여기저기 떠들고 다닌다. 도대체 어떻게 하는 것이 말이며, 정치에서 행동이란 무엇인가. 행동을 강조하다 보니 국회에서도 말 대신 소위 실력 투쟁이라는 것이 빈번히 행해지는 야만적인 모습이 연출되는 것 아닌가. 정치인이 말을 통해 약속하고, 선언하고, 토론하고, 지시한 정책은 정치인 자신에 의해서가 아니라 법과 제도, 그리고 행정 조직과 관료에 의해 집행되는 것이며, 이것이 이른바 '행동'일 것이다. 정치인이 결코 행동의 일선에 있을 필요가 없다는 사실이 세밀하게 인식되었으면 좋겠다.

우리나라도 최근 들어 각종 선거가 있을 때마다 각각의 후보들이 승리를 위해 분주하게 움직이고 있으며 그 소식이 매일 지면 혹은 영상을 통해 전달되고 있다. 그런데 여기에 흥미로운 현상이 나타나고 있다. 말 잘하는 사람과 그렇지 못한 사람 사이에 차츰 인기의 차별화 현상이 생긴다는 점이다. TV 토론 뒤 각 당 예비 후보 사이의 인기가 뒤바뀐다는 것이다.

과연 이제 우리의 정치에 있어서도 말의 위력이 나타나고 있는가. 말을 통한 국민에의 호소, 자신의 인생관과 세계관의 체계화, 자기표현이 논리적으로 분명한 사람과 그렇지 못한 사람은 결국 그가 얼마나 질서 감각을 지니고 국민과 사회를 내다보느냐 하는 점에서 차별화되는 것이다. 말은 곧 인격이며 그 사람의 정신이라는 평범한 진리에 대한 존중은 정치에서야말로 끝없이 강조되어야 할 덕목이다.

논리적인 말, 세련된 말, 국민에게 꿈과 전망을 열어 주는 그러한 말을 지혜롭게 할 줄 모르는 정치인이 기대는 곳이 결국 돈 아닌가. 대부분이 일정한 전문직 생활과는 거리가 먼 직업적인 정치꾼마저 없지 않은 그런 집단을 돈으로 관리하는 소위 조직이라는 괴물 때문에 우리 정치는 전근대적인 붕당 정치, 부정부패, 정경 유착의 늪에서 헤어나지 못할 뿐 아니라 정치는 언어라는 현대 의식으로 진입하지 못하고 있다. 말 잘하는 것을 언어의 유희라거나 말장난으로 폄하하는 야만적 의식과 행태는 이제 달라져야 한다. 말을 잘하는 것이 무슨 의미를 갖는지, 어떻게 하면 다른 사람의 마음을 사로잡는 정말 말 잘하는 사람이 될 수 있는지 우리의 정치인들은 깊이 생각해 볼 일이다.

아무 곳에도 없는 지식인

지식인이라는 말을 나는 좋아하지 않는다. 연전에 《사악한 지식인》이라는 에세이집 한 권을 내놓은 일이 있는데, 이때 그 제목이 내가 아는 지인들 사이에서 작은 화제랄까, 물의를 일으킨 적이 있다. 그 이후 별명처럼 내 꽁지에 '사악한 지식인'이라는 말이 붙곤 하는데, 나는 그런 호칭이 별로 기분 나쁘지 않다. 물론 '지식인'이라는 말은 별로 탐탁지 않지만, '사악한'이라는 말이 붙었으니 얼마쯤 위안이 된 듯한 느낌이 들기 때문일까. 당시에 그런 이름을 붙이면서, 그 이유를 스스로 잠시 생각해 보았다. 나 자신 지식인이라면 지식인이겠는데, 왜 나는 내 앞에 '사악한'이라는 말을 붙이려고 하는가. 필경 어떤 종류의 자기혐오가 있다는 사실을 부인할 수 없을 것이다. 그렇다, 지식인이라는 말을 좋아하지 않는 까닭은, 나 스스로 자기혐오를 은밀하게 품고 있다는 뜻이리라. 이제 나는 그것을 고백하고 그 배경을 더듬어 보고 싶다. 그 어느 지점엔가 196, 70년대 우리 현실과 맞닿는 부분이 있다면 이 글의 취지에 걸맞기를 기대한다.

지식인이 자유를 먹고사는 사람이라는 사실을 알게 된 것은 1960년 봄의 일이었다. 대학 1학년, 더 정확하게 말한다면, 입학한 지 한 달쯤 지났을 때였다. 나 개인적으로는 입학시험이 끝나고 대학에 합격했다는 사실 때문에 모든 면이 이완된 시절이었고, 밖으로는 대통령 선거가 끝나고 이승만 박사(그는 언제나 그렇게 불렸다. 심지어, 내가 더 어렸던 시절 '박사'는 이승만 씨 한 분뿐인 줄 알던 때도 있었다)가 다시 선출된 상황이었다. 이즈음의 현실을 조금 더 부연한다면 이렇게 말할 수 있다. 초대 대통령이 된 이승만 박사는 건국을 전후하여 많은 정적들을 배제하고 자유당을 창당, 일당 독재 체제를 구축해 나가고 있었다. 물론 6·25 전쟁이 그의 집권 시 발발했고, 전후의 모든 상황도 그의 지휘·지도 아래 전개되고 있었다. 반공(反共)·방일(防日)은 그와 그의 당의 이데올로기였으며, 구체적인 정책 내용이기도 했다. 그러나 자유·자본주의의 미국과 맺어진 정치·경제적 끈은 이 박사의 정치와 표면상의 동행에도 불구하고, 근본적으로 모순되는 것이었다. 그것은 교육에서 가장 감출 길 없이 드러나, 중·고교 시절을 통해 우리는 반공·방일과 함께 자유와 정의를 배웠던 것이다. 이 모순이 결국 폭발하고 만 것이 4·19 민주 혁명이었다. 이 혁명의 성격에 대해서는 지금껏 많은 논란이 되고 있으나 역시 '혁명'으로 보는 것이 타당하다고 나는 생각한다. 독재 체제에 의해 억압되었던 자유·민주주의 이데올로기가 비로소 명실상부하게 구현되었기 때문이다.

그러나 이러한 역사의 당위성과 그 실천은 불과 1년 만에 다시 붕괴된다. 5·16 군사 쿠데타가 그것이었다. 자유·민주는 잠시 잠깐의 햇빛을 본 뒤 사라지고 다시 억압이 고개를 쳐드는데, 이때의 명분은 '경제 발전'이라는 이데올로기였다. 말하자면 '반공·방일'이 '경제 발전'으로 대체되고 자유·민주의 억압은 다시금 계속된 것이다. 자유, 민주, 정의라는 선의 실현은 그 자체가 거대한 고통이 되었고 그것을 실존의 힘으로 삼는 지식인들의 신산(辛酸)한 운명 또한 기나긴, 어두운 터널 속으로 들어가게 되었다.

요컨대 196, 70년대, 즉 나의 2, 30대는 자유와 민주주의를 향한 끝없는 질주가 경제 발전이라는 이데올로기 아래에서 폭력에 의해 봉쇄당하던 시절이었다. 그러나 커다란 의문 두 가지, 이때 그 '질주'는 과연 질주였으며, 경제는 '폭력'도 감수하는가 하는 의문이다. 이 의문은 1970년대로부터 거의 30년이 흘러간 지금에 와서도 그대로 남아 있는데, 더욱 곤혹스러운 것은 이제 그 의문마저 진지하게 제기될 필요가 없다는 듯 거의 무감각 내지 마비되고 있다는 사실이다. 이것은 오늘의 현실이 당시의 현실과 근본적으로 다른 차이를 지니고 있는가 하는 회의와 관계되며, 더 나아가 현실과 지식인의 관계에 대한 비관적인 인식을 유발한다. 인간을 억압하는 일체의 이데올로기와 사회적 규범 따위로부터 벗어나 올바른 삶을 추구하려는 지식인의 온갖 몸짓은 결국 각양각색의 명분에 의해 언제나 좌절되고 말았으며, 그 좌절은 지금도 계속되고 있다는 처절한 인식 때문이다.

박정희 대통령의 영구 집권을 목적으로 하는 소위 '유신 체제'의 시작, 이에 대한 눈물겨운 저항, 그리고 이 체제의 몰락과 그에 따른 엄청난 비극(광주 사태, 나는 광주 민주 항쟁과 이에 대한 무력 진압, 그 이후 신군부의 등장 등 일련의 사태를 그냥 이렇게 부른다)을 보면서 나의 이 처절한 인식은 더욱 확실해진다. 그러나 나의 처절함은 정치권력, 군사 권력이 자행하는 폭력성에만 기인하는 것은 아니다. 앞서 말했듯이, 정말 슬픈 것은 이 폭력성 앞에서 보인 지식인의 무력함이다. 그리고 더 무력함은 다시금 두 가지 측면으로 나타나는 것을 보게 되는데, 그 어느 쪽을 보든, 그것을 끊임없이 보고 앉아 있을 수밖에 없는 나 자신을 보고 있는 것이 또한 슬픈 일이다.

현실의 폭력성에 대한 지식인의 반응 가운데 한 가지는, 폭력에 폭력으로 맞서는 데에는 한계가 있다는 선험적 깨우침이다. 1970년대의 그 살벌한 유신 풍토를 조용하게 지나온 많은 지식인들의 경우(아마도 나 역시 이에 속하리라)가 이에 해당될 것이다. 폭력에 대한 폭력으로써의 저항은 폭력 구조와 그 순환의 세계만을 강화시키므로, 학문과 문학, 예술의 힘이 궁극적인 힘으로 보다 강조되어야 한다는 논리인데, 이 논리의 구축에 반평생을 바쳐 온 나도 이제는 어쩐지 힘이 빠진다. 군사적·물리적 폭력 대신, 경제적·물질적 폭력이 전사회적·전국가적 정당성을 얻고 있는 것 같아 보이는 현실을 보라.

다른 하나의 반응은, 폭력에 대한 폭력으로서의 반응이다. 1970년대 초 '유신'이 발표되고 긴급 조치가 계속 1호, 2호, 3호, 4호…… 발동되어 나가자 정국이 살얼음판이 되어 버린 것은 물론, 전국이 꽁꽁 얼어붙은 동토가 되어 버렸다. 그러나 작용이 강하면 반작용도 강하다던가. 도처에서 극렬한 저항 운동이 발생했고, 그것은 삼엄한 보도 관제에도 불구하고 곳곳에 번져 나갔다. 그러나 운동의 주동자들은 대부분 붙잡혀 극형을 언도받았다. 표면상 강력한 통치가 안정을 낳는 것 같았다. 그러나 철권 정치와 정보 정치는 결국 그들 권력과 체제 내의 암투와 살육에 의해 끝이 났다. 그러나 우리 모두 잘 알고 있듯이, 이 엄청난 비극의 교훈을 권력자들은 그런 상황 속에서도 깨닫지 못했으며, 그 몽매함이 결국 광주 사터라는 더 커다란 비극을 가져오지 않았는가. 그러나 그 일이 일어난 지 20년 가까운 세월이 지난 이 시점에서 내가 슬프게 생각하는 것은, 폭력에 대해서 폭력으로 저항했던 그 당시 지식인들의 현재 모습이다. 4·19 때에도 그러했듯이, 유신 시절 목숨을 내놓고 폭력과 싸웠던 이들의 상당수는 어느덧 새로운 폭력의 편에 슬그머니 가담하고 있다. 아서라, 애달프구나. 반복되는 저 인간들의 나약하고 타락한 몰골이여! 이런 개탄 앞에서 내가 물러설 수 없다는 것이다. 정말이지 폭력 앞에서 과감했던 순서대로 그들은 '폭력적'이다. 이런 나의 단정이 섭섭하다면 '현세적·물질적·정치적'이라는 말로 바꾸어도 좋다. 어차피 우리 사회에서 현세적·물질적·정치적인 사람들은 다소간에 대부분 폭력적이니까.

지식인은 폭력을 거부하는 자들의 이름이다. 그런데 그들이 폭력에 동화되거나, 무력감에 빠진다는 것은 결국 지식인이기를 포기한다는 뜻 아니겠는가. 그것을 알면서도 지식인 행세를 한다면 그 얼마나 사악한 일인가 그것을 모른다면? 그렇다면 애당초 그는 지식인과 무관한 사람이다. 그 어느 쪽이라 한들 지식인이라는 낱말과 멀리 떨어져 있고 싶은 나의 감정은 이런 배경 아래에 있다. 196, 70년대 현실을 되돌아볼 때 그 감정은 다시 한 번 쓰린 가슴앓이를 가져온다.

1970년대 유신이 내걸었던, 그리고 실제로 많은 성과를 가져옴으로써 이제 박 대통령에 대한 재평가 작업까지 불러온 '경제 발전'은 오늘에도 여전히 모든 사람의 화두이며 이데올로기가 되어 있다. 한 가지 그때와 다른 점이 있다면, 1970년대엔 경제 발전과 관련된 조건들에 대해서 비판적이었던 지식인들이 지금은 침묵하거나 오히려 동조·편승·조장하고 있다는 사실이다. 사탕은 빨수록 달다던가. 이래저래 전통적 의미의 지식인은 없어져 간다. 하기는 신지식인 시대라니까.

지식인 죽이기

'죽이기'라는 말이 유행했었다. 물론 아직도 물이 간 것 같지 않은 이 말이 최근 내게 아주 실감 나게 들려온다. 사실 그 전에는 실감보다는 오히려 살벌한 느낌이 없지 않았다. 왜 하필이면 '죽이기'일까, 표현이 좀 심하지 않나 하고 생각했던 것이다. 이 표현이 정치나 정치인과 관련지어 회자되는 경우가 많은 것을 보고 더욱 씁쓸했었다. 그리고 내가 왜 이 표현에서 어쩔 수 없는, 힘이 쫙 빠지는 느낌으로 맞아, 맞아, 하는 공감을 갖게 되었을까. 바로 내가, 이른바 스스로 지식인이라고 생각해 온 많은 사람들이 비슷한 열패감에 빠져 있기 때문이다.

IMF를 전후해서, 그리고 이른바 '국민의 정부' 출범을 전후해서 우리 사회가 극심한 돈 노이로제에 빠지게 되었던 것을 기억할 것이다. 아니, 단순한 기억의 차원을 넘어 여전히 그 속을 헤매는 내 모습, 그리고 우리 모두의 모습을 본다. 갖고 있던 금붙이를 팔고, 유망한 기업을 투자 유치라는 이름으로 팔고…… 필요한 것은 그저 돈, 돈, 돈이었다. 이 현실 바깥에서 어느 누가 자유로울 수 있을 것인가. 그러나 이 돈이 마침내 돈세상을 만들었고, 지식인마저 그 아래 깔고 뭉개게 된 것이다. 돈에 의한 지식인 죽이기가 노골화되었다.

물론 돈이 지식인을 우습게 알아 왔다는 것은 비단 최근의 일만은 아니다. 우습게 안 것은 아니지만, 청렴이라는 이름으로 지식인 역시 돈에 대해 일정한 거리를 지켜 온 것이 역사적 현실이다. 국제적인 경쟁력이 강조되고, 경제적 실존의 의미가 날로 증대되는 현대 사회에서 이 같은 청렴주의가 더 이상 덕목이 될 수 없다는 사실쯤 부인할 사람은 없다. 그러나 돈이 인생의 전부인가. 돈은 그저 삶을 살아가는 도구 아닌가. 그렇기에 올바른 인간, 참다운 인생은, 그 표현의 진부함에도 불구하고 결코 진부할 수 없는 인간의 길로 항상 깔려 있는 것이다.

그러나 이제 올바른 인간, 참다운 인생은 그 어느 곳에서도 더 이상 역설되거나 칭송되지 않는다. 초등학교의 교훈이나 슬로건에서 그것이 급격히 사라져 가고 있는 것이다. 대신 그 자리에는 '경쟁력 있는 한국인'이 들어서고 있다. 중·고교로 올라

가면 사정은 더욱 심각하다. 모든 학생들은 정보화, 세계화의 구호에 맞추어 움직여야 하며, 지향해야 할 마지막 가치는 '영어 잘하는 유능한 기계'이다. 이 사정이 절정을 이루는 곳이 바로 대학이다. 오늘날 한국의 거의 모든 대학들은 개혁이라는 이름 아래 인간 교육을 내려놓고, 돈 교육으로 줄달음질하고 있다. 전통적인 지식인은 돈 못 버는, 시대착오적 무능력자로 매도되고, 대학 정신이라든가 인문주의라는 말은 아예 터부시된다. 불과 2, 3년 사이의 일이다. 지식인 대신 등장한 소위 '신지식인'이라는 낱말이 이 같은 현실을 압축해 말해 준다.

그러나 신지식인이란 없다. 구태여 '신' 자를 꼭 쓰고 싶다면, 신경영인 혹은 신기술인이라는 표현을 사용하는 것이 훨씬 어울려 보인다. 왜냐하면 지식인의 역할과 기능은 예나 지금이나 다를 것이 없기 때문이다. 지식인의 본질은 비판 정신이기에, 어떤 인간, 어떤 사회도 이 앞에서 자유로울 수 없다. 따라서 지식인이라는 표현에 새로운 수식을 가하는 일은 그 본질과 기능에 대한 수상한 위협이 아닐 수 없다. 이 위협은 작금의 대학 사회에서 현실로 나타나고 있지 않은가. 학부제, 연봉제, 고객 중심제라는 새로운 제도는 그럴싸해 보이는 많은 장점에도 불구하고 결국 대학인, 즉 지식인의 비판 정신을 둔화시키면서 대학을 기능인 집단 내지 경영 훈련장쯤으로 내려놓을 것이 뻔

하다. 벌써 많은 대학들이 공공연하게 그 노선을 선언하고 있으며, 정책 당국 또한 갖가지 방안으로 이를 유도하고 있다. 마르쿠제는 일찍이 인간 이성이 도구화에 직면하고 있다고 개탄했지만, 이처럼 국가를 포함한 전 사회가 지식인 죽이기에 앞장서다니!

따지는 게 딱 질색이라니

한국에 귀화한 프랑스 신부와 함께 한국인과 한국 문화에 대해 이야기를 나눈 적이 있다. 꽤 오래전 일이지만 나에게는 생생하게 기억되는 부분이 많다. 그 가운데 핵심적인 부분은 이른바 민중 문학 내지 민중 문화와 관련된 것이다.

그는 민중 문화에 대한 한국인의 관심과 노력은 이해하기 힘든 구석이 많다고 했다. 그 이유인즉 한국 문화는 그 전체가 모두 민중 문화여서 굳이 강조할 필요가 없다는 것이다. 문화를 구태여 민중 문화와 더비시켜 구분한다면 귀족 문화라는 게 있을 터인데 한국에는 애당초 그럴 만한 것이 없다는 견해였다. 그 주장의 타당성 여부를 떠나 한 외국인의 눈에 비친 우리 모습이 내게는 매우 깊이 각인되어 좀처럼 지워지지 않는다.

　민중 문화의 내용과 특징은 여러 각도에서 논의될 수 있겠지만 그 형태에 있어서는 질박성이 아무래도 크게 부각되는 것 같다. 아닌 게 아니라 우리 고유의 문화유산으로 전해져 오는 것을 보면 건축물이나 미술품 등이 이웃 중국이나 일본의 그것에 비해 매우 소박하다는 점이 널리 인정되고 있다. 문외한이라 할 수 있는 내 눈으로 봐도 우리 것에는 확실히 섬세한 귀족미 대신 소박한 생동감이 그 특징으로 보일 때가 많다. 이러한 현상을 자연미, 있는 그대로의 아름다움으로 평가할 수도 있겠지만 부정적인 관점에서 보면 인간의 정신과 손길이 세밀하고 정교하게 파고들고 있지 못하다는 해석도 가능해진다.

　문화와 문명이 인간 정신과 끝없는 불가분의 관계에 있다면 결국 섬세한 분석을 그다지 중요시하지 않는 것이 우리 문화의 한 성격인 듯싶다. 그 대신 우리는 전체로서의 현상을 전면적으로 받아들이기 좋아하는데 그렇기 때문에 분석이라는 말보다 종합이라는 말이 보다 애용된다. 종합이란 필경 분석을 거친 다음의 일이고 보면 섬세한 분석의 긴요성은 이제 현대 문명에서 피할 수 없는 정신이 된 것만큼은 틀림없는 사실로 받아들여져야 할 것이다.

　분석이라는 말을 좀 더 일상적인 우리말로 옮긴다면 아마도 '따지기'라는 말이 되지 않을까. 사물이나 현상을 내밀하게 따져 들어가는 일이 분석이며 넓은 의미에서 학문이다.

그런데 우리 현실, 우리 마음은 어떤가. 너 나 할 것 없이 따지는 것을 너무 싫어하는 것이 한국인의 심성으로 느껴지는 일이 잦은 듯하다. '따지는 게 딱 질색'이라는 말은 주위에서 흔히 들린다.

여성이 남성을 대할 때—보통 미혼 여성이 신랑감을 생각하면서—높은 점수를 주는 덕목도 이와 관련된다. 좋은 신랑감을 가리켜 너무 따지지 않고 상대를 편안하게 해주는 사람이라지 않은가. 물론 이 말속에는 긍정적인 미덕이 숨어 있다. 그러나 따지는 일에 대한 잠저적 거부감만은 어쩔 수 없는 것 같다.

이 같은 현상은 따지는 일이 본업인 학자들 사이에서도 예외 없이 나타나며 결국 사회 전반에 걸쳐 섬세한 것 대신 포괄적인 것을 선호하는 분위기를 만연시킨다. 내가 종사하는 문학 분야에 있어서조차 작품의 내재적인 질서와 구조에 대한 세밀한 접근·감상보다 무엇을 말하고자 하는가 하는 메시지 우위 태도 때문에 작품의 옥석이 헷갈리는 일이 여전히 그치지 않고 있다. 이를 볼 때 원시 사회(혹은 미개·야만 사회)에서 문명사회로의 이행·발전 과정에 있어서 우리 위치가 어디쯤 와 있는 것인지 곤혹스러움을 겪는 경우가 있음을 솔직히 나는 고백하지 않을 수 없다.

괌에서 우리 비행기 추락 사고가 발생했다. 너무 자주 일어난다. 그런데 문제는 우리의 반응이다. 물론 전문가들 사이에서는 치밀한 원인 조사가 이뤄지고 있고 역시 완벽한 사후 대책이 강구되고 있다. 그러나 많은 사람들의 입에서 엉뚱하게 이번 대통령 임기 중에 벌써 몇 번째 사고라느니, 재수가 없었다느니, 어떤 일만 어떻게 되었어도 일어나지 않았을 불운이라느니 하는 투의 이야기가 떠돌아다닌다.

모두 핵심에서 비켜난 샤머니즘적 발상 내지 이와 무관하지 않은 정치주의적 사고의 소산이다. 그 공통점은 국민 각자의 자기반성이 결여된 무책임성이라고 할 수 있다. 분명히 말할 수 있는 것은 이번 비행기 사고 역시 삼풍 백화점이나 성수 대교와 마찬가지로 그 근본 원인이 섬세한 것을 존중하지 않는 우리의 국민적 성격에 있다는 것이다.

그 점에 있어서는 대통령이나 장관이나 실무자나 똑같은 책임 앞에 있다. 설마, 대충대충이라는 말과 생각은 이제 혹시, 그래도 틀림없는가 하는 끝없는 확인의 심성으로 바뀌어야 한다. 신경과민에 가까운 섬세한 손길이 구석구석 뻗어 있는 사회가 학문과 문화를 가진 성숙한 사회다.

더럽고 잔인하고 거지 같고

한국인을 가리켜 문화 민족이라 말하는 이는 누구인가. 내가 아는 한, 그 '누구'는 바로 한국인 스스로다. 외국 문학을 하는 나도 그 어떤 외국인으로부터 한국과 한국인에 대한 진정한 존경과 찬사를 들어 본 적이 없다. 의례적인 인사말이야 수없이 들었다.

그러나 서양인의 경우 그들은 가능한 남의 말을 좋게 하는 습관에 길들여져 있으며 웬만해서는 개인적으로 남을 칭찬할 뿐 헐뜯지 않는다. 서양인의 관습을 잘 모르는 한국인은 아전인수식으로 남이 우리를 진심으로 칭송하는 것으로 오해하는 일이 많다. 매우 중요한 착각이다.

이 착각 때문인지 아니던 전통적인 오기 탓인지 한국인들이 요즈음 세계 곳곳을 돌아다니며 설친다. 경제 발전을 남이 부러워한다고 떠드는가 하면, 동방의 고요한 나라니 예의지국이니 하면서 큰소리 치고 다니는데 정작 외국인이 보내는 건 소리 없는 비웃음이나 눈살 찌푸림 따위라는 사실을 알아야 한다. 지나친 자기 비하의 자조(自嘲) 의식이라고? 참다운 자존심은 정확한 자기 인식에서 나온다는 입장에서 이제 한번 그 실상을 확인해 보자.

첫째, 우리가 얼마나 더러운지, 자기 정리에 둔감한지를 분명히 알아 둘 필요가 있다. 해수욕장이나 계곡, 수영장 등 피서지에서 있었던 일이 선선해진 바람의 등을 타고 들려오고 있는데 한결같이 그 소식의 핵심은 불결해서 혼났다는 이야기다. 바닷가에서 모래찜질이라도 한번 해보려고 모래 속으로 들어가 보면 온통 과일 껍질투성이더라는 것이다. 계곡의 바위틈마다 박힌 깡통 나부랭이와 비닐봉지가 보여 주는 추한 모습은 어제오늘의 일이 아니다.

길을 달려 보아도 앞차의 차창에서 던져지는 담배꽁초며 휴지 때문에 제대로 된 시민 사회에 내가 사는 건지 회의에 빠진 기억도 너무 많다. 지금도 똑같은 체험 속에서 매일매일 산다. 도대체 깨끗이 정리하고 살아가는 습관 자체를 쩨쩨한 소인배 의식으로 몰아붙이는 황당한 허세가 어디서 유래한 것인지 부끄럽기 짝이 없는 행태라고 하지 않을 수 없다.

둘째, 잔인함에 대해 말하고자 하니 착잡한 생각에 빠지게 된다. 우리나라 사람이 잔인하다는 건 나의 생각이며 판단이다. 문제는 그럼에도 불구하고 많은 한국인이 평화를 사랑하는 선량한 민족이라 스스로 오판하고 있다는 사실에 있다. 그 배경으로 우리 민족이 한 번도 다른 나라나 민족을 침략하지 않았다는 사실을 근거로 내세운다.

역사 학도가 아니라 그 진위 자체는 모르겠으나 만약 그것이 사실이라 하더라도(아니, 그렇다면 더욱더) 문제는 심각해 보인다. 왜? 우리는 외침을 해보지 못한 대신 얼마나 많이, 얼마나 자주, 그리고 얼마나 처참하게 동족상잔을 일삼아 왔는가. 삼국이 서로 으르렁거렸고 남북이 갈라져 피의 살육전을 마다하지 않았다. 한 가정이나 집단 내부의 폭력도 이미 그 수준이 세계적으로 상당한 형편에 이르렀음을 매일같이 매스컴이 전해주고 있다.

외국 같으면 어쩌다 해외 토픽에 날 법한 토막 살인 사건이 꽤 흔한 일이 됐고 조직 깡패와 학교 내 폭력에 대한 공포도 예삿일로 간과해 버릴 만한 수준을 훌쩍 넘어선 듯하지 않은가. 미국이며 호주에서도 한국 갱이 이름을 날리고 있다니 대체 언제까지 이 잔인한 국민성을 애써 외면만 할 것인가.

셋째, '거지 같은'이라는 표현으로 내가 파악한 요즈음 우리 한국인의 성향은 다름 아닌 돈 밝히기다. 세상에서 그 부류로 보아 누가 제일 돈을 밝히는가. 아마도 틀림없이 걸인일 것이다. 기업인, 상인은 그 성격상 이윤 추구의 목적을 가진 직업인이지만 이렇다 할 목적도 없이(혹은 전혀 잘못된 목적을 갖고) 돈, 돈, 돈만을 지상의 목표로 삼는 국민이 한국인 말고 얼마나 더 있을까.

인간은 욕망의 동물이다. 때문에 돈을 싫어하는 이가 없다. 그러나 거기에는 반드시 정당한 지향점과 정당한 방법, 정당한 노력의 조화가 필수적으로 전제된다. 최근 우리 주변의 한국인은 그가 무엇을 하는 사람이든 간에 그저 모두 돈만을 향해 달려간다. 돈이 목적이어서는 안 될 사람, 예컨대 정치인이나 학자, 군인, 예술가까지 돈을 바라보는 눈빛이 범상치 않다. 그리하여 자신이 속한 세계에서 뚜렷한 성취를 이룩해야 할 존재마저 거지같이 타락해 버린다.

그 결과 호황을 누리는 곳은 경찰서와 재판소다. 가장 엄정해야 할 사직의 집행자에게서마저도 돈과 관련된 썩은 냄새가 풍겨 나오는 일이 비일비재하다. 이제 이로부터 자유로운 한국인은 별로 많지 않아 보인다.

참, 그러고 보니 생각난다. 언젠가 어느 호텔의 높은 창에서 젊은이가 거리로 돈을 뿌렸다던가. 바람에 날아간 그 돈과 더불어 한국인의 위신도 날아가 버린 것 같다.

젊음, 그 낯선 곳 둘러보기

청소년 보호법이 마침내 발효됐다. 청소년에게 술과 담배를 팔지 못하고 유해 업소의 출입을 금지하는 등 지금까지 거의 무방비 상태에 방치되었던 청소년 문제가 성인 사회의 본격적인 관심과 보호권 내로 진입한 것이다. 이러한 법 시행으로 이 문제가 얼마나 성과를 거둘지는 아직 알 수 없지만 성인에 의한 청소년 보호 활동이 가시적인 움직임과 연결되기 시작했다는 점에서 그 의미가 작지 않다는 것이 나의 생각이다.

무슨 일이든지 한 사회나 문화 집단의 행동 양상을 결정하는 것은 그 집단의 사고방식과 의식이지만 새로운 방향으로의 모색은 행정과 제도에 의해서도 곧잘 상당한 성과를 거두기도 한다.

우리 사회는 전통적으로 윗사람으로부터 아랫사람으로 내려오는 수직적 인간관계를 존중해 왔으나 민주주의가 표방되는 오늘의 시점에서 더 이상 상하 구조는 설득력이 없게 됐다. 이러한 평등의 새 원리는 전통적인 상하의 윤리나 평화로운 조화, 혹은 질서 있는 자리바꿈을 하는 대신 오히려 갈등과 불화의 싸움터로 세대 문제를 바꾸어 놓은 감이 없지 않다.

싸움터? 나의 개인적인 고백부터 하자면 지금이라도 빨리 세대 간의 올바른 싸움이 시작되었으면 좋겠다. 그러나 세대교체를 주장하고 나온 대통령 후보를 제외하면 이 문제는 언제나 본격적인 거론 밖에 머물러 있다. 지금까지 정치권 안에서 정치적으로 이 문제가 다루어져 왔을 뿐 이른바 문화적인 싸움에 이 문제가 부쳐져 온 일은 거의 없다.

미니스커트가 어떻느니, 배꼽 티가 볼썽사납다느니, 장발이 흉하다느니 하는 일방적인 비방과 한탄, 그리고 그런 비판쯤은 아예 아랑곳하지 않는 젊은이의 또 다른 일방적 행동이 상대방을 경멸하듯 자행되어 왔을 뿐이다. 그리하여 사회 전처는 물론 각 가정마다 부모와 자식 세대 간의 몰이해와 마찰이 심각한 굉음을 내고 있지 않은가.

"요즘 애들은 도대체 알 수가 없어……"라는 소위 '쉰세대'의 무력감 옆에서 "어른들은 못 말린다니까……"라는 신세대의 큰소리가 높은 파열음을 내면서 쪼개진다. 과연 이렇게 서로 방치되기만 해도 좋은 일인가. 그사이에 청소년의 사회 일탈은 가속화되고 퇴폐·타락·범죄로의 길은 깊고 넓어져 가고 있다. 청소년 보호법 시행은 이 문제를 사회적 화두로 삼는 데 기여해야 할 것으로 생각된다.

세대 문제를 싸움으로 비유한다면 상대방에 대한 정보와 전략이야말로 승리의 첩경일 것이다. 이것은 곧 젊은이가 누구인지, 젊음이 무엇인지에 대한 올바른 이해를 뜻한다. 젊은이와 젊음은 우리에게 두 가지 측면으로 다가온다. 그 하나는 우리의 자녀란 관점에서 바라본, 즉 우리 생명의 연장이라는 측면이며 다른 하나는 새로운 역사의 실체라는 측면이다.

따라서 젊은이의 존재와 활동은 매우 중요하다. 우리 자신이 반영된 얼굴이기도 하며, 우리와는 전혀 다른 낯선 미래이기도 하다. 사람은 누구나 관습과 습관 안의 존재이기에 그 속에서 편안함을 느끼고 그것에 따라 가치 판단을 하고 행동한다. 여기에 새롭게 던져지는 행동과 존재는 낯설다. 따라서 불편하다. 미지의 것이기 때문이다. 그것은 하나의 도전인데 이 도전에 지혜롭게 응전하지 못하면 조만간 역사의 대열에서 낙오하게 될 것이다.

자신이 모른다고 해서 불편하다고 해서 젊은이의 새로운 행태를 비판하는 수준에만 머무를 때 젊은이는 이미 시야에서 사라지는 존재가 되리라. 우리가 젊은이의 생각과 움직임을 제대로 추적하고 알아보아야 하는 이유가 바로 여기에 있다. 그것은 새로운 역사 배우기라고도 할 수 있다. 이때 세대 간의 싸움은 싸움 아닌 공존의 평화로 바뀐다. 말을 바꾸면 이것이 세대와의 싸움에서 승리가 된다.

TV마다 프로그램이 10대 위주로 범벅을 이루고 있고 광고도 10대를 향해 겨냥돼 있다. 이제는 온갖 상품이 10대를 목표로 하지 않고서는 영업이 안 될 정도라는 것이다. 만약 이 지적이 사실이라면 개탄과 동조 대신 섬세한 원인 분석이 이뤄져야 할 것이며 대체 전략 역시 모색되어야 할 것이다.

근대라는 이름의 욕망

연말로 들어서서 가뜩이나 붐비는 도심지 곳곳이 각종 시위들로 몸살을 앓고 있으며, 이를 바라보는 시민들의 마음도 뒤숭숭하다. 거리 시위나 다름없는 소용돌이로 갈등과 대립을 겪고 있는 곳들도 수두룩하다. 시위대들은 모두 그 나름의 타당성과 절박성을 띠고 있으리라. 거의 모든 갈등은 무엇을 내놓으라는 것과 그렇게 할 수 없다는 것의 대결이다. 요컨대 무한 욕망의 대립 현장이다. 여기서 '무한'이라고 표현된 것은 근대 이후 격화일로를 걷고 있는 인본주의의 처절한 초상이라는 인식 때문이다. 인간의 육체가 물질로 되어 있으므로 인간이 물질적인 삶을 넘어선다는 것은 불가능한 일이다. 물질적인 삶의 충족이야말로 삶의 최소한의 조건이기에 이를 탓할 생각은 추호도 없다. 그러나 20세기 후반 마르쿠제가 《일차원적 인간》, 《에로스와 문명》, 《문화와 사회》 등에서 예언했듯이 인간의 욕망은 탈공업 사회→정보 사회→생명 공학 등의 과정을 거치면서 절제되지 않은 채 질주하고 있다. 그 과정을 통해 컴퓨터와 IT 산업 등이 발달하였고, 마침내 복제 인간 탄생을 바라보는 프로젝트까지 논의하는 단계가 되었다. 그러나 이 같은 전개가 반드시 긍정적이지만은 않은 징조가 도처에서 폭발하고 있지 않은가. 이른바 황우석 파동을 보자. 과학과 윤리 문제가 첨예하게 대립되어 있는 이번 사태의 본질은, 사실 이러한 연구 자체의 타당성에 있어야 했을 것이다. 이 점이 간과된 이후에 벌어지고 있는 일련의 소동에는 우리 인간들로서는 범접할 수 없는 창조주의 어떤 섭리가 혹시 있는 것은 아닐까. 욕망과 욕망이 충돌하고 있는 추한 모습들은 이러한 반성을 자연스럽게 이끌어 낸다.

자, 보자. 사립학교법이 말썽이다. 뭐가 문제인가. 민간인이 자신의 창학 이념에 따라 세운 학교이니 자신의 뜻대로 운영하겠다는 생각인데, 여기에 학원의 다른 구성원인 교사와 학부모들 일부가 참여하겠다는 것이다. 겉보기에는 그럴듯한 명분들을 양자가 갖고 있으나 결국은 욕망의 대결이다. 농민 시위나 검경의 대립도, 그 절실성과 명분의 차이는 있을지언정 어느 쪽도 양보 불가로 극단적 처방까지 갈 일은 아니다. 국회에서 여야 대치 중인 법안들의 경우도 마찬가지다. 여당 위원들도 국민의 대표이며 야당 위원들도 국민의 대표이다. 그렇다면 예컨대 쟁점이 되고 있는 부동산법 관계의 종부세를 여당은 꼭 6억 원으로, 야당은 꼭 9억 원으로 고집만 할 것인가. 7억 원이나 8억 원으로 하면 안 되는 법이라도 있는가. 국민들 보고 집단 이기주의라는 말을 잘 쓰는 정객들이야말로 정당 이기주의를 한 치도 벗어나지 못하고 있는 꼴 아닌가. 그가 어떤 종류의 직업을 가진 사람이든 선(善)을 독점할 수는 없다. 자기의 주장은 옳고 상대방은 틀리다는 주장이야말로 욕망 가운데에서도 가장 죄악에 근접한 욕망이다. 모든 인간은 피조물이며, 그런 한에 있어서 어떤 지식의 높이에 있든 그 반대쪽에 있는 사람과 오십보백보의 처지에 있음을 잊지 말자. 하물며 자기는 정의롭고 남은 부정의하다는 생각이야말로 가장 정의롭지 못하다는 인식을 갖고 겸손할 필요가 있다.

욕망은 이렇듯 자신이 제일 잘났다는 형태로 나타날 때 가장 위험하다. 오늘의 우리 사회가 그 비슷해 보인다. 특히 정치인들의 세계가 그렇다. 타인과 타 정당을 마치 뱀파이어 취급하듯 하고 자신을 정의의 수호신처럼 여기는 언동을 보면 가련하기까지 한 것을 그들 자신은 알고나 있는지. 하기야 선량(善良)

이라는 말속에는 나는 잘났고 너는 못났다는 공개적인 싸움질을 거쳤다는 뜻도 있으니, 이 시끄러운 근대의 끝은 과연 어디쯤에 있는 것일까.

제2장

귀신을 넘어서

악령의 숲

    자신들이 지구 종말의 생존자라고 믿고 있는 '링컨6-에코'와 '조던2-델타'는 유토피아에서, 그러나 엄격한 통제 아래 살고 있다. 아침에 깨어나는 순간 몸 상태를 점검받는 일부터 음식, 인간관계까지 철저한 관리를 받는다. 이들은 끝없는 제한 속에서 규격화된 생활을 하면서 일상에 하나하나 의문을 품게 되고 급기야 악몽에 시달리게 된다. 그러면서 청정의 땅 아일랜드로 뽑혀 가게 되기를 갈망한다. 그러나 그들은 믿고 있었던 모든 것들이 허위였음을 알게 된다. 자신들을 포함한 그곳의 모든 인간들이 스폰서인 진짜 인간들에게 장기 등을 제공할 복제 인간이라는 사실을 알게 된 것이다. 아일랜드로 뽑혀 간다는 것도 실은 원체에게 건강한 장기를 제공하기 위한 죽음을 의미한다는 것을 깨닫게 된다. 원체 대신 아이를 낳고 분만 이후 살해당하는 동료 산모의 절규를 들으면서 두 사람은 마침내 탈출을 시도한다. 영화 〈아일랜드〉가 보여 주는 무서운 가공의 세계가 차츰 눈앞에 익숙해진다. 하기는 복제 인간 리플리컨트와 인간 사이의 갈등을 주제로 다룬 〈블레이드 러너〉, 그리고 〈에일리언4〉와 〈6번째 날〉 등 복제 인간과 더불어 살아가는 세상은 스크린에서 더 이상 낯선 풍경이 아닌데 마침내 그 암운과 우리가 실제로 맞닥칠 줄이야…….

이 시대를 뒤덮고 있는 악령의 그림자. 그 그림자는 황우석 스캔들에서 확실해졌다. 이 해괴한 현상이 연말연시 세상의 화제가 되고 있는데 사건의 내용인즉 크게 세 가지 정도인 듯하다. 첫째는 황 교수 연구 팀이 없는 줄기 세포를 있다고 거짓말을 함으로써 세계적인 과학 저널에 허위 논문을 실었다는 점이다. 이에 대해서는 그가 속한 대학의 자체 조사 팀이 허위임을 밝혀냈고 황 교수도 이를 인정, 급기야 논문이 취소되는 상황에 이르렀다. 둘째는 난자의 대량 공급에 대한 적법성, 윤리성 시비이다. 대체 그 많은 난자들을 어디서 구할 수 있었으며 그 과정은 어떠했는가에 대한 의문이 그치지 않고 있는데, 그 윤리성은 끊임없이 국제 학계로부터 공격을 받고 있는 처지이다. 가장 일반적인 공급 방법은 불법 매매로, 한 번에 백만 원에서

5백만 원에 이른다는 통설이 일반화되어 있다. 인공적인 난자 배출에 관한 규정이 없지는 않으나(생명 윤리법 제13조 3항) 구체적인 제한이 없어 한국이 세계에서 가장 난자를 구하기 쉬운 나라라고 하지 않은가. 이 분야의 권위자라는 새튼 교수와 황 교수의 결별도 표면상 비윤리적 난자 제공이 그 이유가 되었다. 세 번째 문제점으로 부상하고 있는 것은, 거액의 연구비와 관련된 각종 루머들이다. 엄청난 연구비가 어디로 흘러갔는가 하는 의문은, 그것을 가능케 한 정치 권력과의 연루 의혹을 강하게 내비치고 있다. 건국 이후 각종 비리 사건들이 숱하게 터져 왔지만, 이번의 스캔들은 전례를 찾기 힘든 특이한 요소들로 가득 차 있어 매우 보기 흉하다.

그러나 황우석 스캔들의 핵심은, 그것이 생명을 둘러싼 어두운 음모들의 합작이라는 점에 있다. 줄기 세포 유무와 관련된 거짓도, 난자의 불법 매매도, 연구비의 유용 혐의도 모두 냄새 나는 더러운 것들이지만, 가장 큰 문제점은 연구 자체의 적법성에 있다. 도대체 무엇을 위한 연구인가? 그 본질이 생략된 연구는 우리를 생명 아닌 죽음의 길로 몰아갈지도 모른다는 사실이 전혀 문제 제기조차 되지 않고 있어 오싹하다. 성체 줄기 세포만 있으면 난치병을 치료할 수 있다는 소박한 지식만이 널리 유포되고 있을 뿐 생명 공학에 대한 무조건적인 맹신이 거의 우상화되고 있는 느낌이다. 그러나 사실 상황은 정반대다. 하나씩 헤치고 들어가 보자.

우선 황우석 스캔들을 통해 우리 귀에도 익숙해진 줄기 세포에 대해 알아보자. 줄기 세포에는 성체 줄기 세포와 배아 줄기 세포가 있다는데, 문제는 배아 줄기 세포와 관련된 것이 매우 심각해 보인다. 생명은 여성의 난자 안에 정자가 들어가 수정란이 되면서부터 사실상 태동하는데, 배아 줄기 세포 연구자들은 이를 부인하고 싶어 한다. 이들은 대략 2주가 지난 다음 자궁 내에 착상이 이루어진 후부터 생명으로 보고자 하는데, 전문가가 아닐지라도 그것은 의문스럽다. 왜 생명체 간주 시기를 가능한 한 늦추려고 하는가. 상식적으로 보더라도 그 이전의 배아를 생명 의식 없이 마음대로 이용하고자 하기 때문이 아니겠는가. 물론 인간 생명을 어느 단계에서부터 발생하는 것으로 보느냐 하는 문제에 대해 모든 학설이 일치하지는 않는다. 수정과 동시에 유전학적 정체성이 생긴다는 설로부터 수정된 뒤약 2주 후 체부 형성설, 자궁 착상설, 수태 후 70일 뇌간 기능시작설, 태동 감지설, 분만설 등이 있는 모양인데 수정란설은생명 우선론자들에 의해 강력히 지지된다. 특히 배아 줄기 세포 연구가 상대적으로 활발해지면서 오히려 수정란설이 더욱힘을 얻고 있는 듯하다. 다른 한편 배아 줄기 세포 연구는 그 세포를 인위적으로 조정해서 원하는 세포 형으로 성장을 유도하는 연구로서 이를 통해 난치병을 치료하겠다는 것이다. 그러나 이를 위해서는 배아 줄기 세포를 구하는 일이 반드시 요구된다. 어디서 얻겠는가. 병원에서 낙태한 태아, 인공 수정 뒤에 남은 수정란 등 변칙적인 방법이 아니면 얻을 길이 없다. 수정이 된 배아가 자라면서 생기는 배아 줄기 세포. 그것은 이미 생명이므로, 생명을 갖고 조작하면서 다른 생명을 구한다는 기막힌 아이러니가 생겨나는 것이다. 배아 줄기 세포는 아직 생명 단계가 아니라는 궤변은 결국 생명 공리주의적 발상으로서, 악령의 숨결은 여기서부터 거칠게 숨쉬기 시작한다.

결국 문제는 인간 복제로 옮겨 간다. 전문가가 아닌 내가 뒤져 본 바에 의하면(하기는 이즈음 온 국민이 절반의 전문가가 되었다) 복제 기술은 크게 두 가지, 생식 세포 복제와 체세포 복제로 나뉜다. 어떤 세포로든지 분화될 수 있는 세포가 생식 세포라면, 특성이 이미 결정되어 있는 세포는 체세포다. 이들 생식 세포와 체세포의 복제가 모두 가능하게 되었는데, 비극의 씨앗은 20세기 중반 개구리 복제가 성공하면서 심어졌다. 쥐, 양, 소의 복제로 발전해 온 생식 공학은 의기양양, 생명의 새로운 지평이 열리는 것으로 선전되었다. 무엇보다 젖을 많이 생산하는 젖소의 탄생으로 축산업의 새로운 미래가 보이게 되었으니 탐욕의 인간들이 왜 열광하지 않을 것인가. 인간 복제에 관한 논의가 뒤를 잇게 된 것은 따라서 매우 자연스러운 일이라고도 할 수 있다.

1997년 3월 11일 마침내 인간 복제를 해준다는 회사가 나타났다. 인간 복제가 법적으로 허용된다는 바하마 군도에 기반을 둔 이 회사는 한 사람 복제에 20만 불이라는 가격까지 내걸었다. 5만 달러만 내면 개인의 세포 표본도 안전하게 보관해 준다고 했다. 회사의 이름은 베일리언트 벤처(Valient Venture)이고, 라엘(Rael)이라는 사람이 대표다. 복제양 돌리를 만든 영국의 세라페우틱스라는 회사도 소, 토끼, 돼지 복제를 계속할 것을 밝히고 있다. 자, 과연 인간 복제는 이루어질 것인가.

1970년대 이후 발달한 유전자 공학은 인간 염색체 정보를 분석하는 유전자 지도를 만드는 게놈 프로젝트를 진행하고 있다. 이 작업이 완성되면 유전자 조작과 유전자 파괴 실험, 그리고 급기야 복제 인간의 실험이 이루어질 것으로 전문가들은 보고 있다. 치료를 위한다는 거창한 명분 이외에 인간 복제에는 생식을 위한 목적도 나와 있다. 이때에는 소위 핵치환 기술을 이용하여 본인과 유전적으로 동일한 일종의 일란성 신생아를 얻는다는 논리가 있다. 이를 지지하는 사람들은 생식용 인간 복제는 불임 치료의 한 방법이므로 인공 수정의 범주에서 보아 줄 것을 요구하는데, 이는 버아라는 생명체가 매개되어 있으므로 양자는 엄연히 다른 것이다.

생명의 경건성, 절대성에 대한 인식의 왜곡은 이른바 이종(異種) 장기 이식에 이르면 극에 달한다. 1905년 프랑스에서 어린 아이에게 토끼 콩팥 이식을 시도한 이후 사람에게 동물 장기를 이식하고자 하는 노력들이 이루어져 왔다. 이 시도는 급기야 1984년 생후 2주 된 아이에게 원숭이 심장을 이식하여 3주간 생존하는 성공(?)을 가져왔다. 1995년 원숭이 골수를 이식받은 에이즈 환자는 현재 생존해 있다는 것. 2005년 4월 중국 과학자는 사람의 귀를 쥐를 통해 복제해 냈으며, 얼마 전 스코틀랜드에서도 쥐를 이용하여 사람의 귀를 복제해 냈다. 그리고 역시 스코틀랜드에서 사람의 젖을 만들어 내는 양을 50마리가량 생산함으로써 인간 단백질 추출을 공장 규모로 건립할 수 있는 가능성이 제시되었다. 뿐인가. 돼지 심장 판막과 돼지 인슐린은 이미 임상에서 많이 쓰이고 있다고 하지 않는가. 생명공학에서는 유전자 복제술을 통해 인간 장기를 가진 동물이 대량 복제됨으로써 이종 장기 이식이 더욱 활발해질 것을 자랑한다. 과연 이것이 자랑할 일인가.

이종 장기 이식에 대해 동물로부터의 질병 전염, 생태계 파괴 등의 염려가 있을 수 있고, 일부에서는 본격적으로 문제 제기를 하고 있는 모양이다. 그러나 이 역시 본질과 핵심에 대한 관심이 빠져 있어 우려가 된다. 도대체 인간의 장기를 갖고 태어나는 동물은 사람인가, 짐승인가. 이종 장기 이식에 의해 심장은 돼지, 콩팥은 침팬지, 간은 개로부터 이식받은 인간이 있다면 그는 사람인가, 돼지인가, 침팬지인가, 개인가. 아니면 그 어느 것도 아닌 제5의 동물인가. 가령 뇌 이식까지 할 수 있다면, 사람의 뇌를 복제받은 돼지와 돼지의 뇌를 이식받은 사람 중 과연 누가 사람이며 누가 돼지인가. 이러한 질문과 고민이 마땅히 선행되어야 할 것 아닌가. 생명 복제 기술을 그대로 방치하는 한, 이 같은 가공스러운 상황은 영화 속 엽기 아닌 우리의 현실이 곧 되고 말 것이다.

생명을 위협하는 악령의 그림자는 그리하여 구체적으로 세 방향에서 그 마수를 뻗치고 있는 것이다. 첫째는 태아, 즉 배아의 말살이다. 연구, 그리고 난치병 환자 치료라는 미명 아래 자행되는 배아-태아 죽이기는 양심적인 의사들에 의해 그 실상이 공개되기 시작했는데 그 하나를 예로 옮겨 보자.

의사 노리스는 임신 중절 진료소로 가서 유산된 태아들을 해부하여 췌장을 수확한 후 그 조직을 잘게 썰어 수술에 쓸 수 있도록 준비한다. 수술 중에 의사들은 인슐린을 생성하는 이 조직을 당뇨병 환자에게 이식한다.

-《크리스천 투데이》, 1990. 11.

스테인리스 기구가 자궁 안으로 투입된 후 요란한 흡입기 엔진 소리와 함께 태아는 잘게 부서져 병 속에 액체가 되어 모아진다. 그 맞은편에서 한 간호사가 작은 플라스틱 접시에 2온스 무게의 6주 된 태아를 주워 담는다. 그러나 이것들은 적출물 처리장 아닌, 테크니션에 의해 몇 그램의 신경 조직, 췌장 조직 등으로 분리되어 얼음 박스에 저장된 채 다음 검사실로 보너진다. (……) 신경외과 의사가 두개골을 드릴로 뚫고 전기톱으로 잘라 내어 작은 구멍을 만든 후 MRI로 확인된 뇌의 병변 부위에 가늘고 긴 주사기를 통해 태아 세포들을 주사한다.

-《뉴스위크》, 1993. 2. 22.

‘박상은의 생명 윤리’ 홈페이지에서 재인용된 장면인데, 몬도 가네를 능가하는 이 광경에 전율하지 않을 수 없다. 뿐만이 아니다. 배아 줄기 세포 연구에 의한 생명 학살의 예도 수두룩하다. 다음으로는 인간 복제이며, 또 그다음으로는 이종 장기 이식이다. 이것들이 현실화되었을 경우, 전통적인 인간들은 사라지고 영화 〈아일랜드〉를 비롯한 최근의 갖가지 뱀파이어류와

괴기 영화에 출몰하는 사람 아닌 사람들이 출현할 것이다. 그
들을 악령이라고 불러도 누구 하나 이상하게 생각하지 않으리
라. '악령'은 더 이상 SF 판타지용 수사(修辭)가 아닌 우리 옆의
동료로 다가오고 있다.

샤머니즘의 늪

샤머니즘의 극복은 40년 전 명색 문학 평론가로 출발하면서 내건 나의 다짐이었다. 이 다짐은 내가 관계하던 문학 계간지의 서문을 통해서도 끊임없이 선포되었고, 내 비평문 곳곳에 깔려 있는 문학관이었다. 이 문학관은 동시에 인생관이라고도 할 수 있겠는데, 이즈음 그것이 큰 도전에 직면해 있다. 벌써 극복되었어야 할 샤머니즘이 사라지기는커녕 더 강대한 세력이 되어 떡 버티고 앉아 나의 문학뿐 아니라 우리 문화 전반을 위협하고 있는 것이다. 자, 샤머니즘이 뭐기에 이토록 위풍당당하며, 날이 갈수록 위세를 떨치는 것일까.

샤머니즘에 대한 사전적 설명은 대략 이렇다. 동북아 일대의 공통된 원시 종교 현상이라고 할 수 있는 샤머니즘은 우리말로 무교(巫教)라고도 하며, 무속 신앙이라는 말로도 불린다. 무교는 우리의 종교적 바탕을 이룬 가운데 그 위에 여러 외래 종교를 받아들여 왔는데, 다른 종교가 들어왔다고 해서 그것이 소멸되거나 퇴화되지는 않고 변형된 모습으로 흘러가고 있는 것으로 보인다. 무교란 무당이 춤을 추어 신과 인간을 하나로 연결하는 종교 현상인데, 그 본질은 엑스터시에 있다. 그것은 신과 인간이 하나가 되는 황홀경이다. 노래와 춤으로 신령을 섬기며 신과 인간을 융합함으로써 재액을 없애고 복을 받자는 것이다. 제재초복(除災招福)은 샤머니즘의 이념이라고도 할 수 있는데, 이를 위해 무당굿을 벌인다. 부족의 풍년과 평안을 비는 고대 의식으로부터 개인의 안전과 복락을 기구하는 욕망의 표현이 극대화한 것인데, 여기서의 복은 철저히 현세적인 것으로서, 쉽게 말해서 잘 먹고 잘 살자는 것이었다. 물질적·육체적 결핍의 해소가 목적이었으며, 정신적 가치와 같은 것은 애당초 생각조차 되지 않았다.

무속의 기본은 굿을 통해 나타난다. 이 굿은 장수와 풍요, 평안을 비는 기복제로서, 안택(安宅)고사 등의 재수굿이 있고 역신을 몰아내고 병을 고치기 위한 푸닥거리 곧 병굿이 있으며, 죽은 이의 살풀이나 원한을 풀어 주는 지노귀굿, 혹은 씻김굿도 있다. 요컨대 세속에서의 안녕을 위한 굿 아니면 죽은 이가 저승으로 가지 않고 이승을 배회함으로써 살아 있는 자에게 해를 가하지 않도록 하는 굿이다. 영역을 달리하는 점복(占卜) 혹은 점술도 넓은 의미에서의 샤머니즘이라고 할 수 있다. 점술인이 택일하고 무당이 굿을 하는 분업이 지방에 따라서 이루어지는 것을 볼 수 있는데, 사주, 궁합이나 이사점, 입학점 등은 요즈음도 여전히 성행하는 전형적인 그 형태들이다. 풍수지리나 도참사상도 넓은 테두리에서 이 영역에 포함시키는 견해도 있고, 그중 일부는 보다 과학적인 접근의 대상으로서 별도로 연구해야 한다는 견해도 있다.

점복의 종류로는 자연 관상점, 동식물에 의한 점, 해몽점, 신점, 승부점, 관상점, 작괘점(作掛占) 등 다양하다. 작괘점은 가장 보편화되어 있는 사주점으로서 《토정비결》이 대표적이다. 관상점 역시 우리에게 가장 널리 퍼져 있고 애용되는 점으로서 미신이 아니라고 주장하는 견해도 있다. 널이나 그네놀이, 줄다리기 등 농촌 사회의 놀이를 통해 그해의 운수를 점치는 승부점 등도 문화적 성격이 있다고 할 수 있다. 문제는 무당과 결합된 신점인데, 이것은 신령이나 귀신이 직접 길흉화복을 전해 준다는 신앙에서 나온 점으로, 무당들의 중점적인 기능이 된다. 신령이 무당의 입을 빌려 직접 전해 주는 것도 있고, 쌀이나 오방신장기(五方神將旗) 등을 통해 간접적으로 전해 주는 것도 있다. 다른 점들이 구체적인 일월성신, 동식물, 일상의 놀이 등을 통해 매개되고 있다면, 신점은 무당에 의해 만들어진 신에 의해 매개되고 있다는 점에서 샤머니즘의 본질과 관계가 있다. 무속 신앙에는 이렇듯 정신적인 지향이나 초월적인 가치가 원천적으로 결여되어 있을 뿐 아니라 사회 규범이나 윤리와 관련된 체계가 부재한다. 인간에게 정신/육신의 양면성이 존재한다면, 샤머니즘은 오직 육신과 맺어지는 복락을 추구하는데, 그 영매(靈媒) 또한 알 수 없는 신비에 의존한다는 점에서 로고스/에토스의 질서가 실종되어 있다.

물론 점술에서 활용하는 자료에는 이른바 동양 철학에 속하는 지식의 전통도 들어 있을 수 있다. 가령 주역(周易)과 같은 고전이 끌어들여지는 경우가 있는데, 과연 이것이 점술과 직접 관계가 되는지는 의문이다. 주역의 64괘는 삶의 64가지 상황을 나타낸다고 하는데, 가족 구성과 노동 체계를 아우르는 이 책이 어떻게 점술의 참고서가 되었는지 모를 일이다. 물론 주역에는 점치는 방법이 서술되어 있다고 한다. 최근 이 책을 현대 우리말로 옮긴 김인환 교수에 의하면, 주역의 점은 50개의 시초(톱풀, 가새풀)를 사용해서 다소 복잡한 수의 조합에 의해 문제를 풀어 나간다. 그러나 주역의 가치를 문명 발생시의 인간 상상력의 집대성이라는 면에서 높이 평가한 김 교수 자신도 구체적인 현실 문제를 점으로 풀려는 행동은 미신에 지나지 않는다고 단언한다. 조선조 후기 현실 개혁을 언행의 모든 차원에서 실행함으로써 근대를 연 다산 정약용은 《주역총론》에서 아예 점의 철폐를 역설했다.

옛사람은 하늘과 땅의 신령들을 섬김으로써 하느님을 섬기었기 때문에 점을 쳐서 하느님의 분부를 들었다. 공자의 말한 바는 이 뜻을 밝힌 것이다. 요새 사람들은 평소에 신을 섬기지 않으면서 오직 일에 임하여 점을 쳐서 일의 성공과 실패를 염탐하려 하니 하늘을 업신여기고 신을 모독함이 심하다. 내가 주역의 상을 주석함은 경서를 혜명하기 위함이다. 만일 사람이 있어서 주역의 사례들을 이미 밝혔으니 점을 칠 만하다고 이른다면, 다만 점이 위태로워 맞지 않을 뿐 아니라 못된 일에 빠지는 잘못도 적지 않다. 이것이 내가 크게 두려워하는 바이다. 바름을 지키는 사람은 마땅히 점치는 일을 폐지해야 한다.

《주역》, 김인환 옮김, 나남출판, 1997, p.16.

다산의 가르침에 대한 관심이 학문적 울타리를 넘어 대중적인 인기의 차원으로까지 뻗어 나가고 있는 판에 막상 그 내용은 제대로 전달되지 않고 있는 현실이 우습다. 다산의 이름을 앞세운 정치 조직까지 범람하는 터에 그의 미신 타파 정신은 어디로 갔단 말인가. 다산을 알기나 하고서 다산의 이름을 들먹이는지 한심스러운 생각은 여기에도 어김없이 적용된다. 합리 정신, 실학 정신, 경건 정신 등 다산 정신의 올바른 이해 아래에서 샤머니즘의 극복과 청산이라는 명제가 새삼 그 길을 제대로 잡게 되어야 할 것이다. 지금이 어느 때인가.

1950년대만 하더라도 샤머니즘·점·역술·미신 등의 낱말들은 사회적으로 발붙일 곳이 없었다. 정부 차원에서 미신 타파 운동을 벌이기도 했지만 무엇보다 해방·독립 이후 이제 다시는 국권을 잃는 수모와 고난을 당하지 않기 위해서 미신과 같은 잘못된 유산은 버리고 바람직한 전통을 계승·발전시키겠다는 민간의 주체적 자각이 있었기 때문이다.

오늘의 문제는 미신과 민족 문화의 혼란스러운 개념의 공존에 있는 듯하다. 각종 굿들이 민족 문화·전통문화라는 이름으로 옹호되는 일은 없는지 자문해 볼 일이다. 돼지 머리를 갖다 놓고 푸닥거리를 하는 대학 축제에서 얼마 전 나는 심한 충격을 받았다. 우리 것이니까, 고유의 것이니까, 민족 문화니까 하는 그 개최의 변에서 나는 일종의 반문화적인 열기를 느꼈다. 거기에 과연 자기 성찰의 노력, 침착한 이성의 개입이 있었을까 회의하지 않을 수 없었다. 우리의 것이면 모두 좋다는 맹목에서 20세기 전반 독일을 휩쓸었던 저 "도이칠란트 위버 알레스(Deutschland über alles)"의 광풍 조짐을 느꼈다면 지나친 나의 예민함일까. 문화란 오히려 내 안에 있는 좋지 않은 것을 바라보는 능력이며, 그것을 과감히 버릴 줄 아는 용기이며 지혜 아닐까.

이 문제와 싸웠던 독일의 지성들, 가령 루카치, 벤야민, 아도르노 등의 이름들은 모두 자기 안의 '나쁜 독일', '나쁜 나'와 치열하게 부딪쳤던 전장(戰場)의 또 다른 이름들이라 할 것이다.

이제 나는 나를 들여다본다. 우리를 들여다본다. 그 결과 거대한 샤머니즘에 포박된 가엾은 모습이 드러난다. 직업적인 점술가들의 발호가 엄청난 시장을 형성함으로써 인터넷과 휴대폰은 물론 각종 광고 매체까지 점령하고 있는 풍경이 나/우리를 압도한다. 전통적인 메이저 신문까지도 '오늘의 운세'를 주식 시세처럼 꼬박꼬박 싣고 있는 게 아마 꽤 오래되었을 것이다. 그러나 이 문제와 진지하게 씨름을 벌이고 있는 지성의 모습은 별로 발견되지 않는다. 적어도 문학의 테두리에서 그 치열한 작업이 이루어진다는 이야기는 잘 들리지 않는다. 내가 읽고 있는 작품에서도 잘 보이지 않는다. 내가 작품 해설을 쓴 일이 있는 《불의 딸》의 작가 한승원의 일련의 소설들이 샤머니즘에 밀착해 있다는 정도를 거론할 수 있을 것이다. 그러나 한승원의 경우도 샤머니즘과의 싸움이라고 할 수는 없다. 오히려 샤머니즘에 탐닉해서 그것을 민족 정서의 원형으로 평가하고자 하는, 굳이 따지자면 미신 추수적인 요소가 강한 것이 그의 문학이다. 이러한 현실은 아예 〈소설가와 무당은 동업자〉(《조선일보》, 2006. 1. 9.)라는 문화면 기사까지 등장하는 현실이 되었다. 무당이 작중 인물이 된 소설의 작가는 "소설가는 무당처럼 사람 속으로 들어가야 하는데, 춤과 노래, 재담 등 종합 예술가인 무당의 능력 중에서 서사의 기능만 발휘한다"고 말한다. 작가의 말은 사실이다. 게다가 그 무당은 중요 무형 문화재로 사회적 대우를 받는 처지이므로 문학의 당연한 관심이 될 만하고, 이 소설 역시 그런 의미에서의 성과와 만나고 있다. 특히 무당 개인의 삶에 총체적 조명을 가하고 있다는 점은 우리 소설에서 드물게 보는 성취로서 아픈 사람, 억울한 사람, 불행한 사람을 위해 태어난 사람이 무당이라는 인식, 그리고 그것이 소설적 형상화를 얻고 있다는 사실은 소중하다. 예외적 소수에 대한 관심이 높아지고 있는 현실에서 민속 신앙의 현장을 살아온, 실제로는 사람들의 삶 속에 깊이 개입해 있으면서도 백안시되고 있는 인물·직종·계층이 본격적으로 그려짐으로써 샤머니즘 논의가 문학에서 보다 구체화될 수 있는 계기가 주어졌다는 점에서도 작가 이경자의 장편 《계화》는 중요하게 읽혀야 할 것이다.

문제는 이제부터다. 많은 외래 종교의 전래와 그 교세어도 불구하고 샤머니즘은 왜 여전히 그 위세가 꺾이지 않는가. 그 본능적 자기 방어, 가족 이기주의, 자기 무책임성, 요행 등의 샤머니즘적 부정의 심리학은 현대의 지식 정보 사회에서 과연 지속적으로 유효한 것인가. 인간의 위의(威儀)와 존엄의 제고라는 차원에서 전혀 바람직할 수 없는 이 관습의 전통을 대체 어찌할 것인가. 우리 문학은 이제 이 문제들과 싸워야 하지 않겠는가. 샤머니즘은 전형적인 신비주의의 한 양태이다. 기독교나 이슬람 같은 신중심주의를 제외하면 대부분의 민족에게는 원시 종교로서의 신비주의가 있으며, 그 잠복된 이념은 샤머니즘과 매우 유사하다. 그중에서 가장 발달된 메커니즘을 갖고 있는 경우는 아마 그리스 신화를 바탕으로 한 그리스 신비주의일 것이다. 숱한 신들로 이루어진 신화의 세계는 다신교이지만 일정한 위계질서 아래에서 조직적으로 운행된다. 신비주의이지만 신들의 성격과 위상이 분명해서 이른바 고대 안티케(Antike) 문화를 형성할 수 있었던 것이다.

그러나 모든 신비주의가 그리스의 그것과 같지는 않다. 대부분 범신론의 형터를 띠고 샤머니즘처럼 애니미즘과 결부된 경우도 있다. 이들은 기독교처럼 세상과 인간을 창조한 유일신의 성격이 분명하지 않은, 이 사물 저 사물 옮겨 다니는 정체불명의 신들을 갖고 있어 제주(祭主) 격인 무당의 위치와 힘이 막강하다. 유럽의 경우에는 독일의 게르만 신비주의가 다소 샤머니즘과 비슷한 모습인데, 예컨대 신비한 물건들이 많이 등장하여 사태의 진행을 결정적으로 돕는다(가령 〈니벨룽겐의 노래〉에 나오는 신비의 망토나 막대기 등). 그러나 신비주의의 가장 큰 초점은 세계와 인간의 창조주가 확실치 않다는 것이다. 많은 경우 불 혹은 섹스의 표상이 등장하는데 결국 그 창조주 아닌 조물주의 성격은 신적이라기보다 인간적이라는 특징을 지닌다. 여기서 우리는 샤머니즘을 포함한 신비주의의 문화적 성격에 대해 진지하게 질문하게 된다.

이 질문을 가장 진지하게 제기한 작가가 괴테이며 그 작품이 《파우스트》이다. 조국 독일의 원시 종교로서, 지속적인 영향력을 가진 정서와 의식으로서, 그러나 극복해야 할 대상으로서 게르만 신비주의와 그는 홀연히 맞서 싸웠고, 전 생애에 걸친 그 불굴의 노력이 독일의 문학사와 정신사를 변화시켰다. 유럽의 후진국 독일이 세계사의 전면에 나설 수 있는 힘을 그 변화는 만들어 냈다. 과연 우리 문학이, 어느 작가가 샤머니즘과 맞서 싸워 보다 초월적인 문화로 우리 문학을 업그레이드할 수 있는가. 우리의 괴테, 우리의 《파우스트》를 오늘도 나는 간절히 기다린다.

지금이 귀신 세상인가

귀신이 무더위로 헉헉거리는 전국에 출몰하고 있다. 채널을 돌리기만 하면 여기서도 귀신이 튀어나오고, 저기서도 악악거리는 괴성이 요란하다. 하기는 해마다 여름철만 되면 납량 시리즈니 뭐니 해서 이른바 으스스한 프로그램을 내보내는 것이 매스컴의 정형이다. 한여름 밤 서늘한 이야기가 순간이나마 더위를 식혀 주는 듯한 효과가 있는 것은 사실이고 그런 의미에서 대중 매체인 TV에서 이런 프로그램을 마련하는 것은 재미있는 일이다.

그러나 요즈음 귀신 바람에는 우려할 만한 대목이 숨어 있다. 우선 눈에 띄는 것은 끊임없이 없는 귀신을 쥐어짜듯 만들어 낸다는 사실이다. 이전에는 전해 오는 민속·전설 차원의 이야기를 수집하고 그것을 전해 주는 수준이었다. 지금은 다르다. 원래 의도와는 사뭇 다르게 귀신을 자꾸 조작해 내고 있다. 도무지 귀신같지 않다. 납량이라는 취지도 무색해지는 듯하다. 자, 그렇다면 왜 자꾸 귀신을 들먹이는가. 우리 사회에 지금 그 필요성이 있는 것일까? 귀신이 있어야 되는 세상?

사실 귀신 타령은 이 여름에 갑자기 시작된 현상이 아니다. TV는 물론 중앙 일간지 가운데 몇몇 신문조차 무슨 무슨 운세란을 만들어 놓은 지 오래이며 스포츠 신문이나 주간지는 거의 빠짐없이 이런 난을 앞 다투어 게재하고 있다. 말하자면 점치기인데, 이런 현상은 신문·잡지·TV에만 나타나지 않고 온 사회에 광범위하게 번져 나가고 있다는 점에 문제의 심각성이 있다.

얼마 전부터 일기 시작한 소위 사후 세계에 대한 관심이 숱한 단행본으로 만들어져 서점 한 코너를 점령하는가 하면, 이런 문제와 정면으로 부딪쳐 싸워야 하는 대학가에서까지 도처에 점 보는 행렬이며 귀신에 대한 쑥덕공론으로 시끌시끌하다. 대학 안에는 아예 이 문제를 연구한답시고 본격적인 유행을 조장해 내는 학생 동아리도 있다. 도대체 어떻게 해서 오늘의 이 첨단 사회에 이런 해괴한 일이 지성의 심장부에서 공공연하게 지속적으로 위력을 발휘하는지 한심하다는 생각을 넘어 크게 우려되지 않을 수 없다.

귀신과 점으로 요약되는 샤머니즘이 우리의 민속 신앙이라는 것은 누구나 잘 아는 사실이다. 무교라는 말로도 통용되는 이 신앙의 주체는 무당이다. 주로 여성인 무당은 소위 신 내린다는 무아도취의 황홀경을 통해 스스로 귀신이 되어 가는데 이렇게 하여 인간이면서도 인간과 구별되는 어떤 신적 신분을 얻어 낸다. 그 결과 무녀는 한 사회의 제의를 주재하는 제사장 노릇을 해나가면서 우리 사회 전체를 샤머니즘의 음습한 늪으로 밀어 넣어 왔다.

이른바 굿이 그것이다. 샤머니즘은 불교나 유교가 공인 종교인 시대에도 여전히 그 힘을 내뿜어 불교나 유교 자체가 우리에게 유입된 다음에 샤머니즘화되었다는 지적이 있을 정도다. 심지어 이러한 무교와 전혀 반대되는 구조를 갖고 있는 유일신 종교인 기독교마저 우리나라에 와서는 샤머니즘 냄새가 난다는 견해가 적지 않다. 개신교와 가톨릭이 합쳐서 전 인구의 40%에 이르는 신자를 갖고 있다는 나라에서 무당과 귀신의 세력이 여전히 횡행하는 현실은 확실히 기이하다.

샤머니즘의 세계관은 철저하게 세속적인 행복 추구에 있다. 자신과 가족의 생명과 재산을 보호하는 것이 최대 목적이며 가치이기 때문에 온갖 방법, 예컨대 죽은 자까지 불러내는 귀신 동원을 통해서라도 살아 있는 자의 현세적 삶을 풍요하게 해

달라고 빈다. 그 행복과 풍요의 내용은 흔히 부귀영화 혹은 부귀다남이라는 말속에 요약된다. 돈과 권력, 아들을 많이 얻게 해달라는 욕망의 종교학이다.

이를 위해서 샤머니즘은 세상 만물에 모두 그 나름의 신이 숨어 있다는 다신 내지 잡신 사상으로 일관하며 그것을 위한 제사를 끊임없이 벌인다. 기복의 신비주의라고 할 수 있는데 문제는 이런 사상을 통해서 인간의 합리적 이성이 마비되고 정신이 황폐화된다는 점이다. 삶과 죽음을 넘어서는 영원한 진리를 추구하는 초월성은 전혀 찾아볼 길이 없게 된다. 그저 빌고 바라는 것은 나와 내 가족만 잘살기이며 그 내용조차 언제나 오래오래 무병장수하면서 돈과 지위를 풍성하게 누리자는 것이다.

우리 사회를 풍미하는 탐욕스러운 이기주의와 물질주의의 뿌리도 따지고 보면 여기에 있다고 할 수 있다. 이것을 획득하기 위해 별짓을 다하게 되는 것이 샤머니즘이다. 샤머니즘 안에서는 필요하면 돌멩이도 신이 되고 나뭇조각도 경배의 대상이 된다. 인간의 노력보다 요행과 재수가 판을 치는 무책임만이 조장된다. 모든 일이 운수로 결정되는 미개 사회로의 퇴행을 막는 강한 정신력의 문화 의식이 새삼 긴요한 시기다.

원죄 의식, 그리고 문화 의식

예수를 믿고, 교회에 나가게 되면서부터, 소설가 홍 형은 나에게 딱하다는 표정으로 이렇게 말했다.

"아니, 어떻게 자네가. 가장 이성적이었던 자네가 말이야."

그는 마치 예수 믿는 일이 매우 반이성적인 일이라도 된다는 듯, 한 지성인의 몰락을 나에게서 본 듯한 표정이었다. 1984년, 그러니까 내가 교회에 나가게 된 지 얼마 되지 않아서의 일이었다. 믿음이 온전할 수 없었던 당시의 나는 그 말에 무언가 반박을 했던 기억이 난다. 그 자리에 있던 시인 황 형이 "신앙을 가지고 논쟁하는 것은 좋지 않다"고 해서 나는 말을 거두었었다. 지금 생각해 보면 소설가 홍 형은 기독교인은 아니었지만, 그의 그러한 자세가 사실은 기독교적이라고 느껴진다. 마치 예수처럼 묵묵히, 온갖 오해와 어려움을 그저 온몸으로 견디어 내는 정신을 그때만 해도 나는 잘 몰랐던 것이다. 1984, 1985년 즈음에는 사실 예수 믿는 것이 오직 기쁠 따름이어서 그 즐거움을 목소리 높여 마구 떠들고 다녔던 것 같다. 나의 이 같은 변화에 대해 적잖은 주위 분들이 이상하게 생각하기도 했다. 어떤 분은 편지까지 보내어 충고하기도 했으니까. 그들의 이러한 염려는 물론 그들이 불신자이기 때문에 생겨나는 것이었다. 그러나 한 발짝 더 들어가 볼 때, 그들의 염려는 신앙과 이성을 대립적인 것으로 파악하는 전통적인 한국의 지적 풍토를 반영하는 것이기도 하다. 나의 예수 체험은 이 점에 있어서 독특한 면이 있지 않나, 나 스스로 그렇게 생각한다.

예수와의 만남은 나에게 있어서 두 가지 길을 통하여 이루어졌다. 그 하나는 가정적인 어려움이었다. 한 가지 분명한 것은, 이 일을 통하여 나 자신이 얼마나 큰 죄인이었는지 깨닫게 된 점이다. 일반적으로 우리 한국인들에게는 죄의식이 없거나, 매우 박약해 보인다. 걸핏하면 싸움도 잘하지만, 싸울 때 그 내용을 들어 보라. 각기 내가 무얼 잘못했느냐는 것이 주조를 이룬다. 이러저러한 일들이 있었으나 모두 자신은 하나도 잘못한 것이 없고, 잘못은 언제나 상대방에게 있다는 것이다. 물론 다른 나라 사람들이라고 해서 싸움을 벌일 때, 자신이 잘못했음을 쉽게 시인하는 경우가 많다는 이야기는 아니다. 그러나 확실한 것은, 우리 한국인들에게는 자신이 저지른 잘못 여부와 상관없이, 그 스스로 죄인이라는 의식이 대체로 결여되어 있다. 이른바 '원죄 의식'이 없다. 1984년 여름 예수를 만나기 이전까지 나에게도 물론 이러한 죄의식, 혹은 원죄 의식은 전혀 없었다. 그렇기는커녕 오히려 잘났다는 생각으로 덧칠해진, 교만 덩어리였다는 표현이 아마도 적절할 것이다.

예수와의 두 번째 만남은 나의 문학과 진지한 관계를 가진다. 그 시절, 그러니까 1980년 이후 나는 문학적 진로와 관련하여 심각한 고민을 거듭했었는데, 당시 예수는 나에게 새로운 길을 열어 주었다. 그때 내 고민은 1986년에 상재한 평론집《새로운 꿈을 위하여》에 다음과 같이 나타난다.

(……) 그들은 분열되고, 심지어는 서로를 무시하거나 증오하기까지 한다. 이 시대가 시정신과 멀리 떨어진 곳에서 얼마나 생물적인 작동만을 일삼고 있는 것이냐! 그러나, 그 가운데에서도 많은 시인들이 열심히 시를 쓰고 있다. 그 힘없이 보이는 일에 매달리고 있는 시인들의 모습을 나는 한시도 내 눈에서 떼어 버릴 수 없다.

　1980년대는 폭력으로 점철된 시대였다. 나처럼 문학을 업으로 삼아 온 사람들에게 이 시대는 한없는 절망을 안겨 주었다. 독일의 비평가 아도르노는 "아우슈비츠 이후에도 서정시를 쓸 수 있는가" 하고 절망했지만, 정말이지 광주 항쟁 이후에도 문학을 할 수 있을는지, 도대체 그럴 필요성이 애당초 존재하는 것인지 근본적인 회의에 빠지지 않을 수 없었다. 우선 편집 동인으로 참가하고 있던 《문학과 지성》이 강제로 폐간되었다. 10년을 계속해 오면서 젊음의 정열을 온통 부어 온 문학의 일터였는데, 그 터가 아예 없어져 버린 것이다. 당장 어느 곳에도, 어느 글도 쓸 수가 없게 되었다. 밖에서부터 강제된 절필 아닌 절필 상태는 나날의 생활에 무력증을 가져왔다. 용감한 투사형 젊은 문인들은 감옥으로 향하기도 했으나, 그러한 저항에 대해서도 나는 여전히 회의적인 상태였다. 한동안의 시간이 지난 뒤, 나는 독일 문학 서적 읽기에만 매달릴 수밖에 없었다. 그때 탐닉했던 작가가 아이러니컬하다는 20세기 표현주의 시인 고트프리트 벤이었다. 왜 아이러니컬하다는 표현을 쓰는가 하면, 벤은 신을 철저히 부정하고 그 자리에 자기 자신을 갖다 놓고자 했던 시인이었기 때문이다. 정신사적 계보에 있어서 니체의 제자라고도 할 수 있는 벤은 자신의 시대를 신이 이미 존재하지 않는 시대라고 판단하고, 신의 자리에 예술, 즉 시를 대체시키고자 노력했다. 그 노력은 나에게 실로 눈물겨운 것으로 보였다. 신의 자리에 들어서고자 했으니 어찌 눈물겹지 않다고 하겠는가.

그러나 1980년 당시의 나에게는 그보다는 오히려 벤이 가졌던 정신의 크기와 무게가 더 큰 것으로 다가왔다. 벤이 처했던 상황은 크게 보아 1910년에서 1945년에 이르는 1, 2차 세계 대전 중의 독일이었으며, 그것도 독일의 심장부 베를린이었다. 그는 망명도 떠나지 않았고, 붓도 꺾지 않았다. 그렇기 때문에 1930년대 초 한때 나치에 잠시 이용당하기도 했으나, 곧 잘못을 깨닫고 철저하게 반성하였다. 소위 국내 망명의 상태로 들어간 것인데, 이 시기에 그는 치열하게 현실의 본질과 싸우면서 인간의 '정신'을 키워 갔다. 우리 상황과는 많이 달랐음에도, 정치적 폭력이라는 공통성을 보고 있던 나로서는, 이러한 상황 속에서도 오히려 인간 정신의 끈질긴 탐구를 계속함으로써 그 상황을 어느 정도 극복해 낸 벤의 위대성에 감복하지 않을 수 없었던 것이다. 인간 정신의 승리로 인식된 벤의 문학 세계를 접하면서 나는 인간이 어느 수준까지 그의 정신을 단련시킬 수 있는지, 어느 수준까지 그의 지적 능력을 개발할 수 있을 것인지에 대해 상당한 신뢰를 가질 수 있게 된 것이 사실이었다. 그러나 이러한 신뢰 속에서도 지적 교만과 같은 인본주의적 사고가 절정을 향해 가고 있었으니, 하나님의 일하는 방법과 모순은 정말로 알 수 없는 일이라고 하겠다. 아무튼 벤과 더불어 나는 1980년대 초의 정신적 허기와 문학적 절망을 위안받을 수 있었고, 그럼으로써 나의 무신론은 말하자면 튼튼한 토대 위에 앉게 되었다.

그러나 인간이 쌓아 온 토대의 튼튼함이란 것이 사실은 얼마나 허상에 지나지 않는 것인지! 그 토대는 차근차근 허물어져 간 것이 아니라 갑자기 흔들리고 무너져 버렸다. 1983년 여름, 어떤 날을 기점으로 나는 내가 완벽한 삶의 주체라는 사실에 깊은 동요를 느끼고 온몸으로 떨지 않을 수 없었다. 그렇다! 나에게 이런 모습의 육체가 주어진 것도, 나에게 이런 모습의 정신과 이성이 주어진 것도, 심지어 이런 모습의 욕망과 갈등이 주어진 것도, 그 모든 것이 내가 피조물이기 때문이라는 사실을 홀연히 알게 되었다. 그러자 모든 것이 분명해졌다. 나의 지나온 일도, 나의 고통도…… 그리고 나의 문학도, 더 나아가서는 우리 문학과 우리 사회의 모습도 그 명암이 뚜렷해졌다. 나는 흥분하지 않을 수 없었다. 이러한 새로운 인식에 눈뜨지 못했던 과거가 통한스럽게까지 느껴졌다.

인간의 삶과 이 세계, 역사를 주관하시는 하나님의 존재를 알고 감사하는 가운데, 그에 대한 신뢰를 갖게 되자 모든 현실이 새로운 자리를 얻게 되었다. 더구나 놀라운 것은 하나님의 아들인 예수의 탄생과 십자가에서의 죽음이 논리적으로도 수미일관하게 이해되었다는 점이다. 문학과 철학의 모든 논리도 결국은 하나님의 이 거대한 논리와 질서 안에서 부분적으로 모방되고 있음에 지나지 않는 것임을 알게 되었다. 나의 예수 체험은 그러므로 하나님 체험의 일환으로서 그 의미를 갖는 것임을 확실히 말해 두고 싶다. 왜냐하면 예수를 믿는 사람들 가운데에는 하나님 아들로서의 예수 아닌, 위대한 성인으로서의 예수만을 생각하는 이들도 없지 않기 때문이다. 이런 사람들 가운데에는 예수를 때론 혁명가로 받아들이는 경우도 없지 않은데, 예수는 실로 이 모든 것을 받아들임과 동시에 넘어서는, 요컨대 하나님의 아들이라는 인식이 병행되지 않고서는 그 전모가 이해될 수 없는 존재이다.

오늘 나는 죄인의 몸인 채로 하나님을 알고, 믿게 된 사실에 놀라고 감사할 뿐이다. 말씀은, 하나님을 믿을 때 죄가 용서되고 구원된다고 하였으나, 하나님을 믿게 된 사실 이외에는 변화된 삶을 살지 못하는 모습이 여전히 죄인 됨을 느끼지 않을 수 없음을 어쩌랴. 그저 "주여. 나를 불쌍히 여겨 주소서"의 기도밖에 할 수 없음을 고백한다. 그러나 그럼에도 하필이면 나를 불러 주신 하나님 뜻을 이따금 생각해 본다. 그러면 그때마다 떠오르는 분명한 것이 있다. 그것은 이 땅의 이른바 지식인, 특히 문학인들 사이에 널리 퍼져 있는 지적 우월주의 내지 신비주의 분위기와 관계된다.

최근에 와서 조금 다른 양상이 조심스럽게 대두되고 있기는 하지만 한국 문학의 전통적인 풍토는 비종교적, 혹은 반종교적이라고 할 수 있는 그 어떤 것과 습관적으로 오래 관계 맺어져 있다. 특히 기독교와의 관계는 매우 생소한 것으로, 이에 대한 인식 자체가 오랫동안 외면되어 왔음을 부인하기 힘들다. 이것을 문학 쪽에서 보자면 문학의 질적 심화에 스스로 제한을 가한 모습이 되어, 리얼리즘이든 모더니즘이든 깊이 있는 탐구가 되지 못하고 통속적 차원에 머물게 되었던 것이다. 한편 기독교 쪽에서 보자면 기독교가 개인적 기복, 또는 영적 이기주의를 고취하는 차원에서 우리 사회의 지배적인 문화 세력으로까지 발전하지 못하는 현상이 된 것 또한 사실이다. 말하자면 기독교 정신은 문학을 포함한 우리 사회의 지식인 계층에서 자연스러운 토착화 과정을 아직 밟지 못하고 있었던 것이다. 문학과 종교는 그 성격이 결국은 같은 뿌리로 이어져 있다는 점을 감안할 때, 이 두 부분이 서로 단절되어 있었던 한국 문화는 미상불 불구의 모습일 수밖에 없었다는 사실이 뼈아프게 다가오는 것이다. 이 점에 대해서는 기독교계와 문학인들 모두 깊이 성찰해 볼 점이 있을 것이다.

이제는 폐간되어 더 이상 출간되지 않지만 《문학과 지성》을 통해서 나를 포함한 동료 비평가들은 샤머니즘적 정신 풍토의 불식을 한국 문학을 향해서 강조해 왔다. 그러나 그 맞은편에 어떤 형태나 양식의 정신이 있었던 것은 아니다. 18세기 독일 작가들이 그리스 정신을 찬양하거나 혹은 비판할 때 그 맞은편에 기독교 정신을 갖고 있었던 것을 비교해 볼 때 우리의 정신은 상대적으로 미약했던 것이다. (물론 나는 독일이나 유럽의 상황과 우리의 현실을 단순 비교하는 것은 아니다. 내가 증요하게 생각하는 것은 토착 정신에 대해서 끊임없이 새롭게 들어오는 외래 정신을 그 밑뿌리, 즉 종교적 차원에서 진지하게 검토하자는 것이다. 가령 괴테는 이러한 것들을 성공시킨 경우라고 나는 믿는다.) 특히 외국 문학, 즉 독일 문학을 전공해 오면서 기독교에 대한 믿음은커녕 지식조차 제대로 갖고 있지 못했었던 것을 생각할 때 온몸에 식은땀이 흐르며, 이런 상태에서 나를 건져 주신 하나님에 대한 감사는 아무리 해도 결코 지나치지 않는다고 생각한다. 사실 기독교를 모르면서 서양 문학을 한다는 것은 맛도 모르면서 음식을 먹는 것과 같이 얼마나 우스운 일이겠는가. 나는 그처럼 무모한 일을 수십 년 동안 해왔던 것이다.

하나님의 부트심과 예수와의 만남을 통해서 확실히 나는 이제야 비로소 세상을 올바르게 보게 되었다. 비록 하나님 말씀대로 세상을 살지 못한다 하더라도 그 기쁨이 주는 가치는 엄청난 것이다. 특히 문학인의 한 사람으로서는 작은 사명감까지 느끼게 한다. 유일한 신중심 사상으로서의 기독교와 잡다한 개념으로서의 신비주의를 구별하고 이를 역사적으로 섭렵하면서, 우리 문학과의 올바른 관계를 설정하는 일은 현실적으로도 아주 긴요하다. 현대 문학은 실제로 그 이론상 기독교에 많은 부분 빚지고 있으면서도 그 실상은 덜 알려져 있다. 아, 언제나 이 깨우침의 작업에 이 작은 몸이 모퉁이의 돌 하나라도 될 수 있을는지!

정신문화와 경제 논리

세기말 한국 문화에 돈 바람이 거세게 불고 있다. 착각이나 오해는 하지 말자. 행여 많은 돈이 문화 분야에 몰려들고 있다는 의미의 바람은 아니니까. 사실인즉, 그와 정반대의 기이한 현상이 일어나고 있다는 것이다. 돈, 돈, 돈…… 이 세상에 중요한 것은 온통 돈뿐이라는 인식이 전 국가적으로 강조되면서 모든 문화 분야를 거세게 강타하고 있다는 의미의 돈 바람이다. 그러니까 돈만이 중요한 것이 아니라는 인식을 바탕으로 하면서, 막상 돈 그 자체에는 항상 빈곤한 결핍을 보여 온 문화의 여러 부문들은, 요즈음 유행어로 '퇴출' 위기에 직면하고 있다. 돈 못 버는 문화는 필요 없다는 극단적인 비문화론까지 거의 아무런 제한 없이 범람하고 있다. 이른바 IMF 경제 위기를 전후해서 우리 현실에 급격하게 밀어닥친 이 같은 흐름은 우리 문화의 올바른 발전을 위해 크게 우려되는 사태가 아닐 수 없다.

소위 '경영 마인드'를 내세우는 새로운 풍조는 몇 가지 배경을 등에 업은 듯 보인다. 그 첫째는 경제 위기와 관련된 경제생활에 대한 일반적인 인식의 확대와 그 심화이다. 이것은, 한때 만 달러까지 국민 소득이 올랐었다는 환상에 기인하는 상대적 박탈감과 관계된다. 물질생활의 풍요를 잠시나마 경험한 사람들에게, 물질 지상주의, 경제 지상주의가 부지불식간에 심어진 것이다. 그다음으로, 이 경제 위기를 파고든 이른바 미국식 신자유주의를 지적하지 않을 수 없다. 끝으로, 경제 위기라는 불가피한 상황을 배수진 치고, 미국식 신자유주의를 명분으로 한 정부 당국의 경제 제일주의 드라이브 정책을 문제시하지 않을 수 없다. 이른바 신지식인들을 중심으로 한 생산성·효율성의 문화론이 그것이다. 신지식인론은, 지금까지의 지식인은 말하자면 생산적 경제 활동을 해오지 못했다는 비판을 담은 새로운 명제, 혹은 캐치프레이즈인데, 여기에는 매우 위험한 발상이 숨어 있다. 생산과 효율이 강조되는 능률주의(우리는 그 장단점을 1970년대에 익히 경험한 바 있다)는 단기적으로는 경제 발전을 재촉할 수 있으나 장기적으로는 문화 의식을 불모화하고 결과적으로 인간성을 위협한다.

프랑스 철학자 들뢰즈의 말처럼 자본주의는 이제 체제 개념이 아니라, 욕망을 생산하는 코드의 개념인지도 모른다. 자본주의가 거의 맹목적으로 신봉하면서 동시에 그 바탕으로 삼는 능률이라는 우상은 그 적정한 낙원이 실재하지 않는, 욕망이라는 미로이다. 욕망은 그것이 극대화될 때, 성경은 죄악이라고까지 규탄한다. 그래서일까, 자본주의의 건전한 발전을 도와 온 것은 캘빈의 기독교 윤리에 기초한 퓨리탄이즘이라고도 하지 않는가. 말하자면 절제이다. 절제되지 않은 욕망만을 동반할 때 자본주의의 능률 신화는 죄악·죽음의 성서적 에토스의 세계와 싸우지 않을 수 없을 것이다. 청결과 절제를 요체로 한 자유·평등사상과 더불어 성장해 온 미국의 자본주의가 대체 언제부터 그 주춧돌들을 내팽개치고 소위 신자유주의의 물결 속으로 가라앉게 되었는가. 우리 또한 언제부터 일말의 고려나 성찰도 없이 덩달아 이들의 손을 잡고 테크노 댄스를 추게 되었는가. 생각해 볼수록 나는 우스꽝스럽다는 느낌에서 쉽게 벗어날 수 없다.

올해 초 스위스의 다보스에서 열렸던 세계경제포럼에서는 '인간의 얼굴을 한 자본주의'에 대한 논의가 대두되었다. 신자유주의가 바야흐로 기세등등하게 퍼져 나가던 시점과 닻물린 시기에 스며 나온 인간 선언인 셈인데, 경제 분야 자체에서 진지한 반성이 제기되었다는 점에서 주목된다. 시장 개방과 국가의 개입, 자본 이동의 자유를 내세움으로써 전 세계가 그야말로 자본의 능률과 능력에 따라서 움직인다는 신자유주의, 거기엔 돈만 있지 인간은 없다는 공격이 가해진 것이다. 이 통렬한 비판은, 그러나 별 후속의 음성을 들려주지 않는다. 특히 우리에게는 더욱 그렇다. 왜 그럴까?

정신문화의 힘이 너무 쇠약해진 까닭이다. 정신문화라고 하면 그 범주가 너무 넓거나 애매하게 들릴지 모른다. 그러나 현실적으로 그것은 크게 두 분야에 걸쳐 있을 뿐이다. 그 하나는 인문 과학 일반이며, 다른 하나는 문학·예술 부문이다. 지금 바로 이 두 분야가 급속도로 쇠락의 길을 가고 있으며 국가와 사회 제도, 심지어는 언론까지 이 정신문화 죽이기에 팔을 걷어붙이고 나서는 형편이다. 최근 한 언론은 교수가 변해야 대학이 산다면서 고고학, 철학 등을 노골적으로 '장사가 안 되는 기초 학문'이라는 말로 표현하였다. 아울러 이런 부문에서 과감히 탈피해야 무한 경쟁 시대에 살아남을 수 있다는 논지를 폈다. 이런 주장은 국가에 의해서 아예 국책화되고 있다. 교육 당국을 통한 이른바 대학 개혁, 혹은 구조 조정의 내용을 보면, 수요자 중심, 즉 학생 선택권의 보장이라는 명분 아래 '장사가 잘되는 학문'으로의 집중을 조장하고 있다. 그 결과 인문 과학은 고사(枯死)하고 있으며, 이 현상은 당연한 시대적 추이로 정당화된다. 정당화될 뿐 아니라 국가는 각종 인센티브를 주면서 대학을 시장판으로 몰아가고, 이에 대한 저항에 불이익을 주고 있다. 과연 인문 과학, 곧 정신문화는 이렇게 죽어 마땅한 것인가. 문학·예술 역시 애니미이션이나 영상 위주의 공연주의로만 그 생명이 연장될 수밖에 없는 것인가.

물론 인문 과학이나 전통적인 문학·예술이 새로운 밀레니엄을 앞둔 첨단 기술 사회에서 옛날의 위엄을 관습적으로 누린다는 것은 시대착오적이며 비현실적인 생각이다. 설혹 그 위엄이 계승된다고 하더라도, 시대 인식과 방법론에 있어서 커다란 개혁이 있어야 한다는 주장은 전적으로 타당하다. 그러나 정신문화인 인문 과학이나 문학의 본질이 훼손되거나 상실되어서는 안 된다는 점에 우리 모두의 세심한 주의가 요청된다는 사실을 나는 힘주어 강조하고 싶다. 그렇다면 그 본질은 무엇인가? 한 단어로 요약하면, 그것은 비판 정신이다. 정신문화란 생활문화라는 말로 확대된 '문화'의 기본, 그 본질에 대한 이름인데, 그것은 곧 정신의 중요성에 대한 인식이다. 인간 존재는 정신과 육체로 이루어지는 바, 물질인 육체는 끊임없는 물질적 요구 아래 놓일 수밖에 없다. 그러나 인간은, 세상의 다른 존재와 달리, 물질적 요구만으로는 만족하지 않는, 형이하·형이상의 복합적 존재이다. 그리하여 물질이 아무리 풍족하더라도 인간은 '삶은 무엇인가', '참다운 삶은 무엇인가'와 같은 형이상의 질문에서 도망갈 수 없는 존재이다. 정신문화의 본질을 형성하는 이 같은 비판 정신은 세상의 온갖 문명 이데올로기, 제도와 물질 문제를 제기할 뿐 아니라, 비판자인 그 자신에 대해서도 부단히 주어진다. 이러한 질문과 비판이 소멸하고 봉쇄된 사회는 죽어가는 사회이다. 눈앞의 동전 한 닢이 우리 자손 대대의 행복한 삶마저 차단해서는 안 될 것이다.

청소년을 살려 내자

독일 대통령을 지낸 하이네만은 그의 대통령 취임 연설에서 사람들이 직면하는 숱한 종류의 싸움들을 열거하고, 그 가운데에서도 가장 조심스럽고 민감한 싸움으로 세대 간의 갈등을 지적하였다. 아버지와 아들, 어머니와 딸 사이에 일어나는 소리 없는 전쟁에 신임 대통령은 각별히 주목했던 것이다. 국가 간의 전투력 싸움, 경제 전쟁, 외교 전쟁, 국내에서의 정치 투쟁 등…… 그 많은 싸움들 가운데 그가 세대 간의 싸움에 특히 관심을 가졌던 이유는 무엇일까. 나도 차차 나이가 들어가면서, 무엇보다 자식을 기르는 부모의 입장, 젊은 학생들을 가르치는 선생의 자리에서 그의 이러한 연설이 시간이 갈수록 오히려 생생히 회상된다. 젊은이들과의 싸움이라는 주제가 한결 실감 나게 느껴진다는 반증일 터인데, 아마도 그 싸움에서 점점 자신이 없어지고 있다는 것이 아닐까. 하이네만 역시 이 싸움은 이기려는 싸움이 아닌, 적을 올바로 알고자 하는 싸움이라고 했는데, 그렇다면 그 의미와 중요성을 비로소 제대로 알게 되었다는 것일까. 흔히 서양 사회에서는 (특히 미국에서) 아이들이 존중되고 있음에 비해 우리나라를 포함한 동양 사회에서는 어른들이 대접받는 풍토가 전통이 되어 왔다는 견해가 지배적이다. 아닌 게 아니라 이른바 충효 사상이 하나의 덕목 이상의 이념으로 강조되는 현실은 여전히 위력을 발휘한다. 그러나 서구화에 이어 지구촌이 한 가족으로 불리는 세계화의 추세 속에서 이 위력은 그에 못지않은 강력한 저항과 맞부딪치고 있는 것 또한 부인할 수 없는 현실이다. 확실히 요즈음 가정들을 보면 어른들에 대한 관심보다 아이들에 관한 것이 훨씬 대단한 것을 볼 수 있다. 가장 비근한 예로서, 이제 겨우 걷는 유아에서부터 시작되는 각종 조기 교육의 바람을 손쉽게 지적할 수 있을 것이다. 반면 혼자 사는 노인들의 급증으로 노후 문제가 심각한 사회 문제로 떠오르고 있는 다른 한쪽의 현실을 어렵잖게 보게 된다. 요컨대 세대 문제가 우리 현실 갈등의 중심에 놓이게 된 것이다. 그런데도 이 문제에 대한 진지한 관심은, 그 중요성에 비해 매우 미미하다는 것이 나의 판단이다. 그 결과 예상치 못한 무서운 일들이 우리 주변에서 최근 너무 자주 일어나고 있다. 어린 여중생이 공중 화장실에서 아이를 낳는가 하면, 심지어 작은 불만과 곤경 때문에 자신의 생명을 끊어 버리는 어린이들까지 나타나는 것이다. 청소년들이 그들보다 앞선 어른 세대와의 유대가 끊긴 채 그들 마음대로 놀다가 그들 마음대로 목숨까지 버리는 일이 벌어지는 것이다. 그 원인의 근본은, 나의 현실 인식이 올바르다면, 어른 세대들이 그들과의 올바른 싸움을 기피하고 이 일에 무지하거나 게으른 데에서 기인한다.

사실 따지고 보면, 우리는 어른들을 제대로 대접하고 공경하지도 못할 뿐 아니라, 젊은 청소년이나 어린이들을 올바로 사랑할 줄도 모르는 것 같다. 충효가 강조되지만, 과연 가슴 깊은 곳에서부터 우러나는 마음으로 어른들, 우선 자기 부모라도 받드는 자 얼마나 되는가. 충효는 오히려 하향적인 일종의 강제 규범으로서 자식들을 옭아매고, 자식들은 가능한 한 거기서부터 빠져나오려고 애쓰는 측면이 적지 않다. 물론 사고방식이 올바른 자녀들이 적지 않고, 그들의 아름다운 마음씨가 좋은 의미의 동양적 한국 사회를 꾸며 온 것도 사실이지만, 보다 일반적인 시각에서 볼 때 명분론(名分論)에 입각한 허세, 혹은 정신적 허영이 더 많은 폐해를 낳으면서 인간관계를 왜곡시켜 왔다는 비판을 받을 수 있다. 이 같은 기질과 현상은, 그 중심이 자녀 쪽으로 옮겨진 듯 보이는 오늘의 시점에서도 마찬가지로 지적될 수 있다. 보자. 이즈음 부모들이 자식을 향해 쏟는 열성은 거의 열광적이라고 말할 수 있을 정도다. 많은 사람들이 이야기하듯이, 유아에서부터 대학생에 이르기까지 오늘 우리의 자녀들은 새벽부터 밤늦게까지 온갖 교육을 받고 있으며, 그것들은 모두 자녀에 대한 '사랑'이라는 이름으로 미화되고 있다. 그도 그럴 것이 이러한 자녀 배려의 대열에서 탈락하거나 소외된 부모는 곧 자녀 사랑이 없는 사람들로 여겨지기 때문이다. 그리하여 너도 나도 무리해 가면서 청소년들을 갖가지 교육(사실 이즈음엔 공부뿐 아니라 별의별 취미 생활에 있어서까지 경쟁으로 몰고 간다. 골프까지 시키려 든다니!)으로 밀어붙이는데, 과연 이런 행태들을 자녀, 즉 청소년들에 대한 올바른 사랑과 지도라고 말할 수 있을까. 나로서는 이 역시 눈에 보이는 관심, 남의 시선을 의식한 관심, 결국 부모나 어른들의 자기중심적인 관심이라는 측면에서 또 하나의 명분론이라고 말하고 싶다. 결국 어른에게나 어린이에게 우리는 진정한 관심과 사랑을 쏟지 못한 채, 겉에 보이는 과열 경쟁만 일삼는 셈이다. 과거에 어른에게 관심이 많이 기울었다면 이즈음엔 어린이에게 그것이 보다 기울어진 것이 차이라고나 할까. 그 결과 예전엔 충효에 따른 부작용이 많았는데 최근엔 청소년 과보호에 따른 부작용이 심해진 것이다. 이제 우리는 명분론의 관념적 허세를 떨구고 세대 간에 진지하게 서로 마주 보고 앉아야 한다. 각 세대마다 태어난 시간이 다르고 살아 온 경험이 다르므로, 다소간에 서로 다른 인생관과 세계관을 갖게 마련이다. 그러나 차이점보다 훨씬 많은 삶의 공통성을 지니고 있다. 이러한 인식 아래 앞서 가는 세대와 뒤에 오는 세대는 서로 다른 점들을 이해하고 배우면서 보다 좋은 상태를 지향해야 한다. 이 과정은 물론 순탄하지 않다. 그러기는커녕 이 과정이 바로 싸움이라고 하지 않는가. 그러나 이기기 위한 싸움이 아닌 서로 배우기 위한 싸움! 미묘한 부분들이 개입되어 있기 때문에 그만큼 어렵기도 하지만, 재미 또한 적지 않을 것이다. 특히 기성세대 쪽에서 젊은 세대를 이해하고 배운다는 것은 단순히 개개인으로서의 청소년들을 이해하는 것 이외에 새롭게 다가오는 역사를 이해한다는, 다소 엄숙한 의미마저 띠고 있다. 그 새로움은 기성의 것들과 만나서 뒤섞임의 과정을 거쳐 제3의 모습으로 서서히 다시 나타난다. 이러한 시선 속에서라면 우리 청소년들은 언제나 싱싱하게 살아 움직일 수 있을 것이다.

21세기의 행복한 여성들

21세기는 3F의 시대가 될 것이라는 이야기가 있다. Feel(느낌), Fantasy(환상), 그리고 Female(여성)의 첫 글자로 이루어진 3F의 시대. 이런 종류의 이야기는 대개 절반쯤 장난말처럼 돌아다니다가 어느 틈엔가 사실이 되어 우리 삶의 중심에 들어와 앉아 있는 것을 경험하게 된다. 그 비슷한 경험을 나 역시 종종 하는데, 3F 이야기야말로 벌써부터 실감 난다. 이미 세상은 그 속으로 들어가고 있는 게 아닐까.

문학 평론을 하는 나로서는 21세기에 여성들의 진출과 활약이 더욱 눈부시리라는 예감을 이른바 페미니즘 문학과 관련지어 주시하게 된다. 1990년대 들어와서 우리 문학에는 여성 시인, 여성 소설가들이 쏟아져 나왔다. 물론 그 이전에도 많은 여성 작가들이 있었으나, 1990년대 이후에 등장한 대부분의 작가들은 그 능력이 탁월하다고 할 수 있다. 특히 소설의 경우 여성 작가들이 우리 문단을 이끌어 왔다는 표현이 전혀 무색하지 않다. 이러한 기세는 새 밀레니엄에 들어서서는 더욱더 본격화할 것이라는 확신과 기대를 나는 갖고 있다. 이러한 나의 생각은 몇 가지 배경 아래에서 성립한다. 그 중요한 부분을 밝혀 보면 이렇다.

문학을 통해 나타난 여성의 힘과 그 실천적 가능성은 크게 두 가지로 나타난다. 물론 이것들은 원래부터 여성의 재능과 능력으로 부여받은 것들인데, 문학 분야에서는 1990년대에 들어와서야 본격적으로 인식하고 개발해야 할 관심의 대상이 된 것이다. 그중 하나가 여성성의 대안적 잠재력에 대한 관심이다. 쉽게 말해, 오늘날의 문명은 그 발달에도 불구하고 폭력적인 성향을 내재하고 있는 바, 그 원인이 남성성에 기인하므로 여성성에 의해 보다 조화로운 방향으로 극복되어야 한다는 주장이다. 이 주장은 상당한 설득력을 지닌다. 무엇보다 오늘의 문명 갈등 상황이 그것을 웅변하다시피 하지 않은가. 인간의 문명이라는 것이 편익(便益) 중심으로 발달해 온 것은 사실이지만, 그 속을 들여다보면, 훨씬 많은 위험한 요소들로 가득 차 있음을 보게 된다. 무기의 발달은 핵 공포를 몰아왔고, 각종 화학 물질의 개발, 도시 문명의 확충은 생태계를 위협하고 있으며, 생명 공학은 창조주의 섭리에까지 도전하고 있다. 이런 모든 현상은 얼핏 보아 물량의 증가, 부의 증대, 기능의 확대 등 긍정적으로만 평가되기 쉬운데, 근본적인 요소에 대한 냉정한 관찰을 결여하고 있다. 무엇이 바람직한 삶인가 하는 문제에 대해 진지한 성찰이 없다. 성찰이란 되돌아보는 태도와 힘인데 그것이 매우 부족하다. 역동성과 능률만이 강조됨으로써 인간의 삶을 어떻게 보람되고 풍요롭게 하는지 무시되고 있는 현실이다. 여성성 최대의 덕목으로 여겨지는 따뜻함과 부드러움은 현대 문명의 비정한 기계주의, 폭력적 사고를 완화시켜 줄 대안으로 떠오른다. 문호 괴테도 "영원히 여성적인 것이 우리를 이끈다"고 하지 않았는가. 이제 그 시대가, 그것도 눈앞에 바로 오고 있다.

다른 하나는, 다소 과격해 보이는, 그러나 심각하게 고려해 볼 만한 강력한 여성성의 대두다. 결론부터 말한다면, 여성성은 그 특유한 독자성이 소멸되는 상황으로 21세기 전면에 등장하게 된다는 것이다. 여성성·남성성의 대립 구조 자체가 남녀 불평등의 기호이며, 또 그것을 거듭 조장한다는 인식이 더욱 팽배할 것이라는 예견이다. 이 같은 인식은 지금도 여성 운동과 여성계에 광범하게 퍼져 있으며, 앞으로 더욱 활발해질 것이다. 특히

여성 문학을 통해서는 벌써부터 단순한 조짐 이상의, 새로운 현
상으로 자리 잡아 가는 듯하다. 소극성과 수동성을 전통적인 여
성상의 미덕으로 삼던 풍토는 급격히 사라져 가고 있으며, 심지
어는 성관계 등 은연중에 터부시되던 남녀 성역할에도 대담한
전도(顚倒) 현상이 나타나고 있다. 아마도 이러한 과정에서 다
소의 부작용이나 역기능, 혹은 혼란이 야기될지도 모른다. 그러
나 분명한 것은, 여성성의 실체와 조건이 대부분 문화적으로 덧
입혀진 것이므로, 그 허상은 불가피하게 벗겨지리라는 사실이
다. 그리하여 이제 여성은 오직 능력이라는 이름 앞에서만 벌거
벗게 될 것이다. 행복하여라, 그대 이름 21세기의 여성이여!

다이애나의 죽음 앞에서

다이애나 영국 왕세자비의 죽음으로 한동안 전 세계가 시끌 시끌했다. 10여 년 전 그녀가 찰스 왕자와 결혼할 때도 그랬고, 몇 년 전 이 두 사람이 이혼할 때도 마찬가지로 전 세계의 매스 컴은 흥분했었다. 어디 그뿐인가. 스캔들이 하나 생길 때마다 모든 저널리즘이 그 뒤를 추적했다. 전 세계의 매스컴이라고 나는 방금 표현했으나, 보다 정확하게 말한다면, 서방의 언론들 이라고 하는 편이 타당할 것이다. 물론 우리나라의 신문·잡지 나 TV도 가만히 있지는 않았다. 그러나 진정 재미있어 하고, 또 다이애나의 죽음 앞에서 서방 언론이 '전 세계인의 사랑과 존경을 받았던 그녀'라고 했던 그런 분위기가 우리에게 있었던 것은 확실히 아니었다. 오히려 그 반대였다.

그들의 호들갑스러운 '존경과 추모', 그리고 우리나라의 '공식적인 애도'와는 달리, 많은 한국인들의 의식 속에는 왜 이렇게들 야단일까, 혹은 그렇게 놀고 다니더니 결국……, 요컨대 뭐라 할까 애도는 애도이되 추모와 존경과는 꽤 거리가 있는, 그런 감정이 주류를 이루고 있는 것 같다. 심지어는 그녀에 대한 동정마저 아까워하는 한국인들도 적지 않은 듯하다. 사실 그녀는 남편이 있는 유부녀의 몸으로, 그것도 왕세자의 부인으로서 다른 남자와 성관계를 맺었고, 별거와 이혼의 과정을 거치면서 여러 남자들과 염문을 뿌려 왔다. 대통령 후보의 아들들 병역 문제가 사회적 스캔들이 되는 우리 사회의 의식으로서는 도무지 이해하기 힘들고, 용서할 수 없는 행동이 다이애나의 젊음 한구석에 큰 흠집을 내고 있는 것이다. 따라서 우리의 안목으로는 TV 뉴스 시간에 그녀의 장례식 장면을 내보내는 것조차 '지나치게 길고 낭비적'이다. 그럴 필요가 있을까, 하는 회의와 질문을 내 주변에서도 여러 번 들었다.

다이애나의 이성 관계가 분방하고 성격적으로 화려한 면이 있다는 것은 사실인 것 같다. 그러나 다른 한편 그녀는 가난하고 소외된 사람들, 병든 사람들에게 한없이 따뜻한 손길을 뻗쳤던 듯하다. 그녀를 추모하는 서방 방송들의 뉴스는 오히려 이 방향에 집중되어 있다. 담 높고, 닫혀 있는 버킹검 왕궁을 나와서 뒷골목의 버려진 삶들을 찾아가 위로하고, 한없이 자신을 낮추어 가는 그녀의 모습은 왕세자비로서의 쇼, 혹은 정치적 제스처의 성격을 넘어서는 것 같다. 사회봉사라고 부를 수 있는 이런 종류의 사업에 그녀는 많은 시간을 할애했던 것이다. 그러나 막상 그녀 자신은 위로받을 곳이 없었음을 생전의 한 인터뷰에서 고백한 일이 있다. 아마도 가장 중요한 이유는 남편인 찰스 왕세자와의 애정에 문제가 있었던 것이 아닐까 하는 것이 일반적인 추측이다. 어쨌든 다이애나는 자신의 개인적인 애정 문제와 결부된 스캔들, 그리고 공적인 활동에 가까운 헌신적 사회 활동이라는 양면적인 이미지를 영국 국민에게 심어 왔고, 이런 이미지는 영국 국경을 넘어 전 세계에 알려지기도 했다.

그런 다이애나가 돌연 사고사를 당했다. 내가 놀란 사태는 죽음 자체보다 그 이후에 일어났다. 영국 국민들은 그녀의 상반된 두 가지 이미지 가운데 긍정적인 면을 택했는데, 이와는 판이하게 상당수의 한국인들은 부정적 이미지에 기울었다. 영국인들은 제 나라 사람의 일이고, 우리는 남의 일이라서? 아마 그런 면도 있을 것이다. 그러나 보다 근본적인 이유는 다른 곳에 있지 않을까? 나는 그 이유를 대략 두 곳에서 발견하게 된다. 그 하나는, 그들이 비교적 아름다운 면을 남에게서 찾고 칭찬하는 데 인색하지 않는 반면, 우리는 비교적 남의 흠만을 크게 끄집어내기 좋아한다는 점이다. 사촌이 땅을 사면 배가 아프다는 속담이 말해 주듯, 확실히 우리 한국인들은 남을 좋게 말해 주는 데에 있어서 인색하다. 두 사람 이상이 모여 앉아 이야기판만 벌였다 하면 그저 남 흉보기며 욕하기다. 듣기 민망해서 긍정적인 방향으로 이야기를 유도하는 사람은 아첨꾼으로 매도당하기 십상이다. '아첨'으로 말한다면, 욕 잘하는 사람이 오히려 뒷구멍으로 빠져나가 상황을 뒤집어 놓기 일쑤인데도, 이러한 습성은 좀처럼 달라지지 않는다. 남을 헐뜯는 사람일수록 갖가지 도덕적 기준을 내세우지만, 그것은 허망한 도덕주의일 뿐, 그가 반드시 그 기준에 맞는 사람인 것은 아니다. 도리어 그런 사람일수록 자신이 그 약점에 빠져 있는 경우가 대부분이다. 다이애나를 비난하는 한국인들이 바로 그 좋은 예이다. 그들은 그 염문에 민감할 뿐이며, 그들 스스로가 그 염문의 숨은 주인공들이라는 사실을 모르고 있다.

그러나 더 큰 이유가 있어 보인다. 그것은 권위에 대한 존중과 거부, 그것을 만들어 가고자 하는 노력과 그것을 냉소시하는 세계관의 차이라고 할 수 있다. 영국인들이 전자에 속해 있다면 우리 한국인들의 의식은 알게 모르게 후자에 물들어 있다. 보자. 대체 이 사회 어느 곳에 권위가 있으며, 하물며 이에 대한 존중이 있는가! 그나마 있어 보이는 권위마저 파괴하는데 급급한 것이 오늘 우리의 현실 아닌가. 권위와 권위주의는 이때 세심하게 구별되어야 한다. 권위주의가 봉건 군주주의, 혹은 군사 독제 체제의 일방적 상하 관계, 즉 수직적 인간관계와 관련된다면, 권위란 모든 집단과 사회의 기호학적 상징이라고 할 수 있다. 그것은 질서를 형성해 가는 인간의 지혜이다. 지금 우리에게는 바로 이 질서가 없다. 어느 누구도 권위를 인정하려 들지 않기 때문이다. 권위는 독재와도 다르고, 우상과도 다르다. 굳이 이런 표현이 허용된다면, 한 사회의 캐릭터라고 할 수 있다. 그것은 초월적인 신의 세계를 넘보지 않고, 현세 사회의 질서를 세워 주는 마스코트 비슷한 역할을 한다. 반드시 훌륭한 사람만이 그 자리에 있으란 법도 없고, 그럴 필요도 없다. 차라리 그것은, 그것을 만들어 가는 사람들의 마음을 선하게 움직이는 긍정적인 기능을 하는, 아름다운 사회 교육일 따름이다. 남을 헐뜯지 않고 올바른 권위를 추구하는 미덕. 다이애나의 죽음을 기리는 영국인의 모습에서 나는 그것을 본다. 어쩌면 이런 마음씨가 민주주의의 가장 큰 전제이리라.

한줄기 서늘한 바람이 하늘로 다시
— 황인철 형에 대한 추억

오래전 1971년 늦여름 어느 날이었다. 2년 만의 외국 생활에서 돌아온 나는 많이 지쳐 있었다. 무엇보다 집안 문제가 다소 복잡하게 꼬여 있었으며, 경제적인 어려움도 심한 터였다. 오랜만에 만나게 된 문우들과의 어울림은 이때 거의 유일한 즐거움이었다. 김병익·김치수·김현 등이 《문학과 지성》을 창간하여 이미 5호까지 내놓고 광화문 '연' 다방과 '비봉' 다방을 중심으로 매일같이 어울리던 시절이었는데, 자연스럽게 나도 이 모임에 어울리게 되었다. 거기서 그를 만났다. 다부진 몸매에 넓은 얼굴, 부리부리한 눈매가 전체적으로 단호한 인상을 주었지만, 웃을 때의 인자한 모습은 그 인상을 다정하고 푸근하게 묶어 주었다. 변호사 황인철이라고 했다. 불과 2년 전만 해도 몰랐던 이름이었는데 친구들은 벌써 '야', '자'를 주고받았다. 언제부터 그렇게 친해진 사이들이었을까. 더구나 그가 나보다 학교 3년 선배인 데다가 나이도 한 살 위라는 사실을 알았을 때, 그와 그렇게 말을 트고 지내는 김치수 군이나 김현 군과의 관계가 미상불 궁금했다. 그러나 아뿔싸, 뭐 그런 것들을 자세히 챙길 겨를도 없이 나 역시 금방 그와 말을 트는 처지가 되어 버렸으니……. 만난 지 몇 번 되지도 않았으나 어느새 우리는 '인철이', '주연이'를 함부로 부르고 있었다. 알 수 없는, 이른바 친화력이 황인철 형에게 있었다고 할 수밖에 없었다.

이처럼 그는 우선 나에게 '편한 사람'으로 다가왔다. 오래된 지기처럼 먼저 말을 놓고 지내면서 차츰 나는 그에 대해서 알아 가게 되었다. 시골 초등학교 교사의 장남으로 어려운 환경에서 커 왔다는 점, 9남매의 맏이로 지금도 가사를 꾸려 가다시피 하고 있다는 것, 스물두 살의 나이로 고시에 합격하여 판사 생활을 하다가 얼마 전에 변호사로 전환했다는 것, 무엇보다 《문학과 지성》의 창간에 결정적인 재정 후원자가 되었다는 것 등은 오히려 나중에 알게 된 사실이었다. 이러한 그와의 만남은, 만남 그것만으로도 나를 충분히 들뜨게 하는, 한 사건이었다. 그럴 것이 이 시절 거의 우리 모두는 내남없이 제 앞가림하기에 정신없이 돌아다니는 처지였으며, 문단이라고 나온

지 6, 7년 된 애송이들로서 그저 제 목소리 뽑기에 여념이 없던 주제들이었으니까. 말하자면 에고의 울타리에서 감히 밖을 넘볼 생각도 못하던 소시민들이 우리였다. 그 고여 있는 분지와 같은 마을에 황인철 형은 서늘한 바람이었다. 우리는 충분히 시원하였으며, 특히 안팎으로 답답한 상황에 있던 나에게는 그의 이름을 생각하는 것만으로도 신선한 기분이 온몸을 감돌았다. 성실하고 재능 있는 수재가, 자신의 출세나 영달의 도모라는 흔한 길을 거부하고 걸어가는 그 모습이 너무나도 신기해 보여, 때로는 경건하기까지 하였던 것이다. 가난한 집안을 위해 판사 직을 버리고 변호사 업을 택한 것은 그렇다 하더라도, 어찌 문학 사업에 넉넉지 않은 주머니를 털 각오를 했단 말인가. 얼마 안 지나 소위 10월 유신으로 연결된 독재 정권에의 저항에 자신의 몸마저 내던진 그의 이웃 사랑 정신은 도저히 나 같은 범부로서는 흉내 내기 어려운 경지였다. 그렇다. 1970년대의 깜깜한 세월과 온몸으로 싸워 나간 그의 투쟁은 사실 정치적 저항이라기보다, 갖가지 방법으로 고통당하고 있는 이웃들을 향한 용솟음치는 사랑이었음을 나는 똑똑히 볼 수 있었다. 말은 쉽지만, 사랑, 아 그 사랑을 그는 그냥 그대로 실천한 사람이었다. 1971년 늦여름 그와 처음 만난 순간, 나는 그의 몸 전체를 감도는 분위기에서 그것을 예감하고, 다음속 깊이 이상한 전율을 경험하였다. 마음 편한 친구이면서도 그 이상은 더 가까워질 수 없는, 어떤 성스러운 경지 같은 것. 황인철 형은 그 무엇을 내뿜고 있었다.

황인철 형과 우리는 적어도 일주일에 한 번은 만났다. 어쩌다 한 주 건너뛰는 경우도 있었으나, 대신 한 주에 두세 번을 만나는 때도 있었으니까. 《문학과 지성》 사무실에서 만난 뒤 저녁을 먹으러 밥집으로 옮겨 앉는 경우가 대부분이었으나 연희동 그의 집에서 만나는 때도 적지 않았다. 그때마다 "나쁜 놈들" 혹은 "아니, 그래 이럴 수가 있어" 하는 것이 늘 그의 화두였다. 아는 사람들은 다 아는 일로서, 1970년대의 우리 정치 현실은 말이 아니었다. 유신이 선포되고, 긴급 조치가 발동되고, 그 긴급 조치는 1호, 2호, 3호, 4호……로 끝없이 이어졌다. 요컨대 행정·입법·사법의 민주주의 체제는 박 대통령의 전제 체제로 모아졌으며, 이에 대한 일체의 반항이나 이의도 용납되지 않았다. 많은 청년·학생 들이 이 체제의 타도를 외치다가 체포·구금되었으며, 야당 정치인·종교인·법조인·문인을 포함한 지식인들 사이에 광범위한 반대 운동이 벌어져 저항과 탄압 사이의 끝없는 악순환이 계속되었다. 황인철 형은 바로 이 싸움의 맨 앞머리에 항상 자리 잡고 있었다. 김대중 사건과 김지하 사건은 이 시기의 가장 대표적인 반정부 사건이었는데,

형은 이 사건의 변호인이었다. 모든 정보가 차단되고, 혹 정보가 있다 하더라도 유언비어라는 이름으로 단속되는 무시무시한 분위기 아래에서 형이 전해 주는 정보는 그야말로 항상 진실에 가까운 일급이었다. 우리는 그를 통하여 압제자의 동향과 아첨하는 무리들의 행태, 그리고 감연히 이에 맞서 싸워 나가는 이른바 재야인사들의 움직임을 소상하게 알 수 있었다. 그때마다 그는 "나쁜 놈들", "아니, 그래 이럴 수가 있어"라고 개탄하면서, 말을 풀기 시작했다. 그러나 참 이상도 하였다. 항상 분노의 표정을 감추지 못했던 그에게서 한줄기 서늘한 바람이 항상 함께하던 기억을 나는 잊지 못한다. 그의 분노는 독재자와 그 무리를 향한 것이었지만, 그보다 훨씬 더 강하게, 그들에 의해 억압당하고 있는 수많은 민중들을 향한 애정이 도도히 흐르고 있었기 때문이리라. 그는 허구한 날 발생하는 인권 유린의 사례들을 목도하면서, 그들의 억울한 사정을 참을 스 없어 했던 것이다. 학생들, 정치인들, 공장 노동자들, 문인들…… 얼마나 많은 사람들이 그의 무료 변론의 그늘에서 한숨이나마 돌리었던가. 법률에 대해서 무지한 나지만, 황인철 형이야말로 말의 가장 충실한 의미에서의 변호사가 아니었던가 생각된다.

아, 생각난다. 학생들이 무슨 내란 사건에 연루되어 군법 회의를 받게 되었을 때의 일이다. 하도 억지 재판을 하는 근사 법정을 도저히 참을 수 없었던 변호인단 가운데 강신옥 변호사가 "차라리 나도 피고인 석에 앉고 싶다"고 했다가 정말로 그렇게 된 일이 있었다. 그 일을 당한 그날인가, 그다음 날인가 형을 포함한 우리 몇 친구들이 동부이촌동의 어느 술집에 앉아 있었다. 그때 형은 말했다. "변호사고 뭐고 다 때려치우고 학생들처럼 그저 맨주먹으로 싸우고 싶어." 이 말에 대해서 나는 정면으로 반대하였다. 나는 형의 키가 몇 센티미터이며, 형의 몸무게가 몇 킬로그램인지 물었다. 얼마라고 그는 대답했다. 나는 말했다. 그렇다면 형은 얼마짜리 고깃덩어리에 불과할 뿐 아무것도 아니라고 나는 쏘아 주었다. 법률가도 아닌 주제에 나는, 인간은 직업을 통해 이 세계, 이 현실과 맺어져 있다는 것, 직업을 버리면 결과적으로 인간에게 남는 것은 육체라는 물질뿐이라고 건방지게 설교식으로 주절거렸다. 변호사는 얼마나 좋은가. 이러한 정치적 행패가 법적으로도 불법이라는 것을 밝힐 수 있지 않은가. 문학인이 문학의 아름다운 가치를 끊임없이 높임으로써, 그리고 그것을 널리 알림으로써 정치적 행패의 불의함을 드러내고 돋보이게 하는 것이라면, 법률가의 활동은 훨씬 직접적으로 효과적인 것이 아니겠느냐고 나도 열을 올렸다. 그 뒤로 형은 이따금 나의 그 말이 생각났다는 이야기를 했다. "법정에서든, 어디서든 영 울화가 치밀어 뒤집어엎고 싶을 때면 자네

말을 얼핏 생각하곤 하지. '변호사의 자리를 지키자, 이 자리를 통해 억울하게 당하는 사람들을 지키자, 이 자리는 하늘이 주신 자리다'라고 말일세." 그는 격정적인 성격이었으나, 그것을 놀라운 자제력으로 통제할 줄 아는 사람이었다.

그와 나는 오랜 사귐의 기간이 없었음에도 너무 '편하게' 가까워졌다. 그 감정은, 그를 향한 나의 그것이 훨씬 더 그랬던 것 같다. 그를 안 지 얼마 되지 않았던 1970년대 초 나는 그에게 적지 않은 돈을 빌린 일이 있었다. 오래 지나지 않아서 갚기는 했으나, 이 일은 내게 그에 관한 기억을 푸근하게 해주는 또 하나의 빌미가 되었다. 누구나 그렇지만 돈을 빌리는 것은 쉬운 일이 아니다. 요즘처럼 각종 금융 기관에서 대출을 받기가 상대적으로 용이하지 않았던 당시 상황에서는 특히 그랬다. 상대방이 경제적 여력이 있는 경우에도, 그보다는 오히려 이쪽에서 말을 꺼내기에 부담스럽지 않은 심리적 상황이 더 중요한 일이었다. 나에게도 경제력이 있는 오랜 친구가 없지는 않았지만, 어찌 되었는지 나는 황인철 형에게 쉽게 손을 내밀었다. "그러지." 그의 대답은 한마디뿐이었다. 돈을 갚을 때에도 그는 그 특유의 충청도 사투리로 "아 천천히 갚지 뭘 그랴" 하고 웃어넘겼다. 자신에게는 치열하면서도 다른 사람은 한없이 넓게 받아들이는 그 넓은 도량. 나는 지금까지도 이런 인물을 몇

알지 못한다.

 실로 황인철 형의 일생은, 남을 위해 희생하고 헌신하다가 간, 순결하고 아름다운, 눈물겨운 것이었다. 내가 아는 한, 그가 자기 자신의 재미를 위해서 한 일은, 오직 바둑뿐이었다. 그는 바둑을 무척 좋아해서 조남철 국수와도 대국을 했고, 수많은 기우들과 벗하고 지냈다. 바둑을 별로 좋아하지 않는 나로서는 그 내용을 세세히 알 수 없으나, 바둑에 관한 그의 탐닉은 무서울 정도였다. 어느 해엔가 대전 동학사에 친구 몇이서 놀러 간 일이 있었는데, 그는 저녁부터 시작해서 밤을 꼬박 새우고 이튿날 낮까지 바둑을 두는 열광적인 집념을 보여 주었다. 그 밖의 것에서 그는 자신을 위해 하는 일이 거의 없어 보였다. 간혹 테니스를 해보기도 한 것 같지만 곧 흥미 없어 했다. 그가 하는 일은 그러니까 가족을 위해, 친구를 위해, 이웃을 위해, 사회를 위해 하는 일뿐이었다. 우리는 흔히 사람의 도리에 대해서 말하면서, 그런 이상적인 경우를 곧잘 내세운다. 그러나 그런 사람이란 흔치 않다. 형은 바로 그 희귀한 예에 속하는 사람이었다. 희생과 헌신의 일생을 보낸 듯이 보이는 사람의 경우에도, 알고 보면 그것이 명예욕의 교묘한 변형인 수가 얼마나 많은가. 그러나 그는 오직, 말 그대로 그것을 실천하였다. 언젠가 나는 슬쩍 그 점을 건드려 본 일이 있었다. "참 대단해, 그걸 다

하니” 하고 웃어 보였더니 그의 대답은 “그럼 어떡해, 보고만 있을 수는 없잖아”였다. 부모를 경제적으로 봉양할 뿐 아니라, 여러 형제들을 정말 물심양면으로 돌보았다. 집안에서 그는 형이라기보다 아버지와 같은 존재였다. 그러니 집안 식구들을 돌보는 것은 그에게 있어서, 언제나 당연한 일이었다. 이 일로 상 한번 찡그리는 일을 나는 보지 못했다. 또 그에게는 자폐증 아들이 한 명 있다. 본인의 고통은 본인이 아는지 모르는지 모르겠으나, 도저히 바꿀 수 없는 그 운명의 짐을 진 부모의 심경은 오죽이나 답답하겠는가. 그러나 형은 물론 형의 부인에게서도 그런 내색을 조금도 찾아볼 수 없었다. 그저 그 아들을 향한 끊임없는 애정이 있을 뿐이었다. 형 내외는 가톨릭에 입문했는데, 특히 부인 되시는 최 여사의 믿음은 감복스러운 것이었다. 그녀는 자폐증 아들을 주신 하느님께 차라리 감사하다면서, 이 아들을 주시지 않았다면 하느님을 모를 뻔했다고 고백한 일이 있는데, 부러운 신앙이 아닐 수 없다. 형도 그런 마음인 것 같았다. 이러한 가족 사랑의 연장선상에 그의 친구 사랑, 이웃 사랑, 민중 사랑이 있었음에 틀림없다. 이른바 인권 변호사로 활동하는 동안에도 그의 유능함을 아는 의뢰인들이 그의 사무실을 자주 찾아 경제적으로도 성공한 변호사에 속했다. 그러나 사무실에 앉아 있는 그의 모습은 누구에게나 매한가지였다. 수

십 억, 수백 억의 거부가 나타나거나 고관이 찾아오거나, 행방
불명된 아들을 찾아 시골에서 올라온 가난한 할머니가 문을 열
거나 그는 한결같은 얼굴로 맞이하였다. 사랑에 대해서 아무
말도 하지 않고, 그것을 실천한 그였기에, 그리고 모든 사회 활
동이 바로 그 표현이었기에, 민주화가 이루어지면서 정치권의
유혹이 있을 때에도 그는 단호히 그것과 무관할 수 있었다. 폭
력 정치와 싸워 온 그였지만, 그것은 정치 활동 아닌 사랑의 활
동이었기 때문이었다. 그런 형이지만 지금 내 곁에 없다. 하느
님을 믿는 나도 하느님이 왜 그토록 빨리 그를 데려가셨는지는
알 수 없다. 우리가 모르는 좋은 사업에 꼭 그가 필요하셨던 게
아닐까.

종교 간의 대화는 가능한가

어느 석가 탄신일에 한 기독교 단체의 지도자급 목회자가 '부처님 오신 날'을 축하하는 메시지를 발표한 일이 있는데 그때 많은 사람들이 이 일을 즐거워했다. 꼭 닫혀 있는 것 같았던 종교들 사이의 벽이 조금씩 허물어지는 듯해서 반갑다는 반응이었다. 과연 우리 사회에 서로서로를 닫아 놓고 있는 벽들이 많기는 많은 모양이다. 그러나 종교 사이에도 그 같은 벽들이 높게 쌓여 있었는가. 아니, 종교 사이에 있는 벽은 허물어져야 마땅한 담벼락일까. 많은 사람들은 오히려 이러한 의문에 사로잡혔다. 불교와 기독교, 혹은 토속 신앙과 기독교 사이의 벽이 허물어진다면 불교의 불교 됨, 기독교의 기독교 됨은 어디에서 찾을 수 있다는 것인지 어리둥절해지지 않을 수 없다.

　최근 몇 년 사이에 크리스마스가 가까워지면 불교 쪽에서 '축성탄'을 들고 나왔는데, 석탄일을 축하한다는 기독교 쪽의 메시지는 이에 대한 답례 인사인 셈이니 너무 예민하게 생각할 필요는 없다는 의견도 있다. 한국인 특유의 '좋은 게 좋은 것' 아니냐는 의식이라고 할까. 그러나 이 현실은 깊이 짚고 넘어가야 할 중대한 문제점을 숨기고 있다.

　한마디로 말해서 이 같은 벽 허물기는 해괴한 공사이다. 벽을 허무는 일은, 그 벽이 필요 없는, 당연히 벽이 없어야 할 사람들 혹은 일들 사이에서나 일어나야 할 일 아닌가. 이를테면 전라도 사람들과 경상도 사람들 사이에 벽이 있다면 마땅히 허물어져야 할 것이며, 가난한 사람들과 부유한 사람들 사이의 벽은 빨리 헐어 버릴수록 좋다. 벽을 가운데 둔 양쪽 집단이 서로 다르지도 않고 달라서도 안 될 동일한 인격체로서의 성격을 지니고 있다면, 대체로 그 벽은 아직 장애물일 뿐이다. 그러나 종교는 다르다. 그것도 기독교와 다른 종교는 너무 다르다. '나 이외 다른 신을 섬기지 말라'는 하나님의 말씀을 진리로 섬기고, '예수 그리스도로 말미암지 않고는 구원을 얻지 못한다'고 신앙 고백을 행한 기독교인들이 어떻게 다른 종교나 종교인과 동일한 세계관 앞에 설 수 있을 것인가.

　물론 서로 다른 종교 간의 대화나 종교인들의 교류가 상대

종교의 교리를 인정하는 일과는 무관하다는, 단순한 인사 차원의 교통이라는 견해가 있을 수 있다. 그러나 교리의 핵심, 즉 하나님이 이 세상과 인간을 창조하시고, 하나님의 아들 예수가 우리 인간들을 대신하여 십자가에 못 박혀 죽으신 후 다시 부활하였으며, 이를 믿는 자는 구원을 얻고 영생에 이른다는 내용은 그 어떤 상호 교류에 의해서도 가감되거나 변경될 수 없는 진리이다. 문제는 이 진리의 절대성이 지닌 부동의 자리가 열린 마음이니 관대함이니 유연성이니 하는 얼핏 듣기에 매우 부드러운 말들에 의해서 슬금슬금 흔들린다는 점이다. 진리가 정말 진리라면, 그 진리는 어차피 배타적·폐쇄적일 수밖에 없지 않을까. 생각해 보자, 정답은 하나이지 둘 이상일 수는 없지 않겠는가. 진리는 절대자에 의해 주어진 것이지, 인간들이 연구하고 토론하여 결정짓거나 합의하는 어떤 것일 수는 없다. 왜냐하면 인간들 자신이 피조물이며 유한한 존재이기 때문에, 불완전한 존재들에 의해 유도되는 어떤 결정도 진리 아닌 가설 이상의 것일 수 없으니까.

 학문적인 논리로 따져 갈 때, 기독교의 진리는 귀납적·실증적이지 않고 환원적·선험적으로 비칠 수 있다. 진리를 순수 학문의 차원에서만 접근하고자 할 때, 또 학문의 본질과 속성을 실증적 객관성을 통해서만 이해하고자 할 때, 기독교 진리의 절대성에 대해 고개를 갸우뚱거릴 수 있다. 이러한 '객관적 총명'에 빠져 있는 분들에게 나는 괴테의 《파우스트》 읽기를 권하고 싶다. 전 생애를 '학문'에 바쳤으나 진리는커녕 도리어 절망의 늪에서 허우적거리는 파우스트 박사의 비극! 삶과 죽음이 이미 그분에 의해 주어진 것이며, 그것을 알아보겠다고 노력하는 '이성'이라는 힘 또한 그분에 의해 주어진 것일진대, 진리로 가는 길을 학문적 도전에만 맡기는 일은 어차피 짧은 지식일 수밖에 없다. 결국 성경 말씀 속에서 발견되는 진리는 객관과 주관을, 이성과 직관을 함께 아우르면서 뛰어넘는 유일한 결론일 수밖에 없으며, 설령 비교 종교학이라는 피곤한 연구를 하더라도 어쩔 수 없이 받아들이게 되는 다행스러운 피난처다.

이런 마당에 논의되는 종교 간의 대화, 혹은 교류란 무엇일까. 나에게 놀라운 것은, 그것이 단순한 인사가 아닌 상대방의 교리를 인정하는 이른바 종교 다원주의로 나가고 있다는 점이다. 목사나 신부가 불교에도 진리가 있다고 받아들인다면, 유일신과 유일한 구원의 길을 명시한 성경 말씀을 명백하게 거부하는 것이 아닌가. 불교의 교리를 잘 모르는 나로서는 불교의 기독교 수용이 그들 교리와 어떤 관계에 서는지 알 수 없다. 그러나 기독교의 교리에 어긋나는 것임은 초보 신자라 하더라도 잘 알고 있다. 그럼에도 오늘 일부 목회자와 교단이 관용의 모습으

로 종교적 상대주의의 얼굴을 하고, 마치 정치 지도자들이 악수
하는 광경을 연상시키는 행태는 심히 코믹한 일이다.

종교 다원주의는, 그것이 극단으로 갈 경우 범신론과 마찬가
지의 현상으로 나타난다. 신이 존재하기는 존재하는데, 그 표
현되는 양태들은 다양하며, 그들 사이에 권위와 능력의 차별성
은 없다는 인식이다. 이렇게 되면 기독교는 교리와는 무관한
윤리적 이데올로기를 거쳐 마침내는 실존주의에 이르는 길을
걷게 된다. 실제로 목회자들을 포함한 기독교 일각에는 이러한
경향이 꽤 팽배해 있는 것이 사실이다. 이러한 분위기가 정치
적 선, 경제적 평등과 같은 사회적 실천만을 지성의 역할로 생
각하는 도덕주의와 결부되어 기독교를 세속화·인간화시키고
있지는 않은지 되돌아볼 일이다. 거기에는 인간적 선의 의지는
있으나 영성이 결여되어 있다. 하나님의 계시로 세상 현실을
바라보는 영적 안목 대신, 세상을 자신의 힘으로 개선하고 리
드할 수 있다는 지적 교만이 숨어 있다. 그것은 관용의 음흉한
탈을 쓴 자기 과시의 그릇된 망상이 아닐까 하는 우려로부터
나는 벗어날 수가 없다. 하나님은 오직 한 분이시며, 그는 자신
의 자리에서 결코 흔들리시지 않는다. 옹고집이라고 설령 그를
향해 불평하더라도 진리는 진리이니 어쩌겠는가.

두 자아의 대립 해소는 불가능한가

양극성의 해소는 우리 사회 발전을 위한 최대의 명제로 보인
다. 최근의 보수·진보의 갈등은 60년 전 해방 공간의 좌우 대
립으로 연결되는 양극성의 기본 구조를 이룬다. 대통령은 이를
해소하기 위한 정치인의 결단을 촉구했으나 누가 무엇을 어떻
게 결단해야 옳을는지는 여전히 미지수이며 불투명하다. 그럴
것이, 이 문제는 정치인의 문제도 결단의 문제도 아니기 때문
이다. 굳이 들여다보자면 이 문제는 지식인의 문제이며 학문의
문제라고 할 수 있다. 그런 의미에서 오랫동안 우리 사회를 지
배해 온 양극성 해소를 위해 우리는 보다 학문적인 입장에서
이 문제에 접근할 필요가 있다고 생각된다.

현실의 시급한 당면 과제를 놓고 학문적인 접근을 말하는 것

은 어쩌면 비현실적이며 현학적인 인상을 줄지도 모른다. 그러나 바로 이렇듯 시급한 문제를 해결해 보고자 하는 욕구가 문제의 핵심을 놓치고 토론을 공전시켜 왔다는 것이 나의 생각이다. 조급한 욕망은 방법에 있어서 학문적 접근보다는 저널리즘적 접근 내지 정치적 접근을 선호하게 했으며, 차분한 분석을 답답하거나 탁상공론쯤으로 여기게 했는지도 모른다. 여기에도 이론과 실천의 대립이라는 하버마스적 명제가 개입한다. 말하자면 이론의 배경 없는 실천은, 실천 그 자체를 허황한 것으로 만들거나 정치적 표어에 그치게 할 공산이 크다는 것이다. 그렇다면 학문적 접근을 위한 선택은 여기서 구체적으로 무엇을 말하는가. 나는 18세기 이후 독일 정신사의 과정을 간략하게 섭렵하면서 그것이 우리에게도 아날로지 효과가 될 수 있을는지, 말하자면 유추 모델로서의 가능성을 점검해 보고 싶은 것이다. 만약 가능하다면, 우리는 이를 배우고 받아들이는 데 인색할 필요가 없다.

양극성 극복의 가장 놀라운 업적은 온 인류가 기억하고 발전시켜 온 헤겔의 변증법이다. 길게 소개할 필요도 없이, 명제(These)와 반명제(Antithese)의 대립을 종합 명제(Synthese)라는 제3의 길을 통해 이른바 지양(止揚, Aufheben)하고 있는 변증법은, 기본적으로 두 사람 사이의 대화법이다. 대화란 사람들의 말이나 글을 통해 나타나는 언술인데, 그것은 사물이나 현상을 묘사하거나 전달하는 지극히 객관적인 표현의 경우에도 결국 주관적인 한계를 갖게 마련이다. 말하자면 A라는 사람이 "하늘이 하얗다"고 말했는데 B라는 사람이 "하늘이 검다"고 한다면, 똑같은 현상에 대한 다른 주관이 나타나는 것이다. 이때 물론 두 사람은 각기 객관성을 고집하겠지만, 이미 시작된 대립은 그 자체로 해소되기 힘들다. 따라서 이 자리에서의 정답은 "하늘은 회색이다"라는 종합 명제로 나아갈 수밖에 없다. 명제도 그에 대한 반명제도 아닌 종합 명제로 나아감으로써 A, B 두 사람의 주장은 진실 아닌 주관 혹은 고집으로 판명되고, 진실은 그 어디에도 실재하지 않는 것으로 인정된다. 양극성의 해소는 여기서 자연스럽게 주관과 객관의 문제를 제기하고 진실은 인간 범주에 속하지 않는 것으로 판단된다.

사물과 현상 안의 양극성은 말할 것도 없고 인간 내부의 양극성 문제도 그 해소 방안은 거의 불가능한 수준으로 어려운 것임은 이미 성경에도 기록되어 있을 정도다.

그러므로 내가 한 법을 깨달았노니 곧 선을 행하기 원하는 나에게 악이 함께 있는 것이로다. 내 속으로는 하나님의 법을 즐거워하되 내 지체 속에서 한 다른 법이 내 마음의 법과 싸워 내 지체 속에 있는 죄의 법 아래로 나를 사로잡아 오는 것을 보는도다. 오호라 나는 곤고한 사람이로다. 이 사망의 몸에서 누가 나를 건져 내랴. 우리 주 예수 그리스도로 말미암아 하나님께 감사하리로다. 그런즉 내 자신이 마음으로는 하나님의 법을, 육신으로는 죄의 법을 섬기노라. (로마서 7:21-25)

로마서가 밝히고 있는 양극성의 해소 방안은 '예수 안에 있는 생명의 성령의 법'이다. 이러한 기독교적 성령설을 비롯한 종교적 접근을 제외하면, 인문학적 노력이 존중될 수밖에 없을 것이다. 실제로 헤겔 이후의 독일 정신사는 철학과 문학 중심으로 이 문제에 관심이 집중되면서 세계 정신사를 주도한다.

문학에서의 성과는 18세기 후반부터 19세기 초에 걸친 괴테에게서 최초로 그리고 가장 본격적으로 행해졌다. 괴테의 이러한 성격은 그의 대표작 《파우스트》에서 분명하게 부각된다. 대작 《파우스트》에 대한 해석은 독일 내외에서 오랫동안 학문 연구를 통해 다양하게 행해져 왔고, 그 알려진 내용은 매우 큰 폭을 포함하고 있다. 그러나 외국인인 우리의 입장에서 볼 때, 그리고 시간을 상거하여 오늘의 현실을 조명할 때, 확실히 《파우스트》에는 독일 정신의 양극성 극복을 위한 소중한 업적이 담겨 있음이 틀림없어 보인다. 《파우스트》의 주인공 파우스트는 현실적이며 세속적인 차원에서 성공한 학자다. 그러나 그 성공이 무엇보다 진리와 부합되는 일인가 하는 점에 회의를 품는다. 게다가 그는 간헐적으로 엄습하는 정욕의 유혹을 받는다. 세속적인 성공 여부와 상관없이 인간에게 찾아오는 이러한 한계 의식을 대변한다는 점에서 파우스트 박사는 인간의 형이상학적 실존과 육체적·물질적 실존 양면을 전형화한 인물이다. 이 인물에게 진리와 정욕을 모두 해소해 줄 수 있는 유혹이 현실화된다. 그 매개는 메피스토펠레스라는 무소부재의 악령에 의해 이루어지는데, 이 인물을 악의 표상으로만 파악하는 종래의 태도는 더 이상 올바르지 않다. 메피스토는 현실 차원을 무력화시키고 전환시키는 신비적인 공간과 시간을 확보해 주는 장치로 시작하여 게르만 신비주의로 길을 여는 역할을 한다. 이 신비주의는 메피스토 자신이 삽살개로 변신하여 나타나듯이 동물계를 넘나드는 애니미즘과 데모니즘을 모태로 하지만, 더 나아가 희랍 신비주의 즉, 헬레니즘을 끌고 들어오는 기능까지 담당한다. 파우스트가 결정적으로 죄의 함정에 빠지게 된 계기는 제1부의 〈발푸기스의 밤〉인데 그것은 제2부의 〈고전적 발푸기스의 밤〉에서 다시 한 번 확인된다. 여기서 주목되어야 할 점은 제1부의 발푸기스는 게르만 신비주의의 현장을, 제2부의 발푸기스는 희랍 신비주의의 현장을 보여 주고 있다는 사실이다. 제1부 현장을 통해서 그는 그레트헨과의 쾌락, 그리고 그녀의 죽음과 관련된 죄악을 겪었고, 제2부 현장에서는 헬레나를 만나고 그녀로 인한 시련을 겪는다. 마지막에 이르러 그는 천사들의 합창에 의한 구원의 목소리를 듣는다. 처음부터 설정된 무대이기는 하지만, 이것은 기독교와 관련된 헤브라이즘의 음성이 분명하다. 말하자면 《파우스트》의 주제는 게르만 신비주의의 태생인 파우스트 박사가 헬레니즘과 헤브라이즘이라는 양극의 문화 전통을 어떻게 흡수함으로써 자신을 극복해 나가는가 하는 문제인 것이다. 헬레니즘과 헤브라이즘은 널리 인식되고 있는 바와 같이, 서양 문화의 거대한 두 축이다. 희랍 신화에 바탕을 두고 있는 헬레니즘의 기본 내용은 인간의 의식이 반영된 여러 신들의 이야기다. 제우스와 프로메테우스, 에로스와 헬레나 등의 신들은 마치 실존 인물들처럼 우리의 인식을 넘나들고 있지만, 그들은 당대 희랍 사회와 희랍인들이 만들어 낸 표상들일 뿐이다. 이들을 거짓이라거나 허상이라는 이름으로 백안시할 필요는 없으며, 또 그렇게 되지도 않는다. 그들은 이미 헤브라이즘의 창조론에 맞서서 거대한 의식과 표상을 조직화해 왔기 때문이다. 따라서 파우스트는 헬레니즘과 헤브라이즘이라는 두 축의 문화가 독일 사회에서 일으키고 있는 갈등을 극복한 전형의 창조라고 할 수 있다.

러시아의 도스토예프스키와 함께 19세기에서 20세기에 걸쳐 가장 위대한 소설가로 평가되는 토마스 만에 있어서 양극성의 문제는 주로 시민성과 예술성의 대립이라는 주제로 나타났다. 이 문제는 그의 처녀 장편 《부덴브로크 가의 사람들》에서 시민 기질과 예술가 기질의 갈등으로 표출된 이후 《토니오 크뢰거》, 《베니스에서의 죽음》을 거쳐 《마의 산》에 이르는 거의 전 작품들을 지배하고 있다. 20세기 중반의 노벨상 수상 작가이기도 하며 우리에게도 널리 알려진 헤르만 헤세의 경우도 이러한 전통의 발전선상에 있다. 《데미안》, 《유리알 유희》, 《지와 사랑》 등의 소설들로 사랑받고 있는 그의 세계에서 양극의 분포는 소설의 기본 구도가 되어 있다. 그 가운데 원제가 《나르치스와 골트문트》인 《지와 사랑》의 경우 나르치스와 골트문트라는 상반된 두 인물의 성격이 분명하게 대비된다. 냉철한 이성적 인간형인 나르치스와 사랑이 풍성하고 야성적인 성향을 지닌 골트문트가 처음에는 오직 대립적인 관계에만 머물다가 서로 영향을 주고받는 관계로 발전되는 양상을 통해 작가는 양극성의 극복을 지향한다. 토마스 만에게서는 고양을 통한 중도(Mitte)의 방법 정신이 발현되고 있고, 헤세는 양극의 공존을 유머라는 방법으로 처리한다. 요컨대 독일 정신사는 위대한 개별 작가들의 독특한 방법 정신으로 양극성의 극복을 체험하고 있는 것이다.

양극화의 극복에는 물론 정치적·경제적 차원에서의 정책적 배려와 노력이 필요하며, 어떤 지점에서는 결국 이념적인 문제와 부딪칠지도 모른다. 그러나 보다 근본적인 범주에 대한 인식이 요구되는데, 그것이 바로 정신사적 입장이다. 여기에 문학과 철학을 통해서 드러난 자아 발견과 양극성 지양의 학문적·문학적 모색이야말로 문제를 풀어 가는 열쇠가 된다. 우리에게 있어서 가장 결여뢴 이 부분을 독일 정신사는 한 모범으로서 보여 주고 있는 것이다. 자, 이제 걸핏하면 정치인들을 쳐다보고 대책을 주문하고, 정치인들이 부르면 쪼르르 달려가는 채신머리없는 짓부터 지식인들은 삼가야 할 것이다. 스스로 새롭게 고뇌하고 모색하는 학문적 훈련은 하지 않고, 체계도 없는 단기적 정책에 기대기를 즐겨하는 한, 우리에게 있어서 지식인은 아무 곳에도 없을 뿐 아니라 양극의 야만적 본능적 대립은 오히려 격화될 뿐 결코 해소되지 않을 것이다.

죄와 양심, 그리고 예배

주일 아침 일가족이 성경책을 옆에 끼고 교회 가는 모습처럼 아름다운 풍경도 없지 않을까 싶다. 그들이 지난 한 주 동안 어떤 고통과 아픔 혹은 더러움 속에 있었다 하더라도 그 풍경만큼은 깨끗하기 그지없다. 그러나 주님을 만나기 전, 그러니까 20여 년 전의 내 눈은 이 풍경을 아름답게도 깨끗하게도 보지 못했던 것 같다. 그렇기는커녕, 야유와 힐난의 눈으로 바라보지 않았을까. 일주일 동안 있는 죄 없는 죄 모두 저질러 놓고 교회만 가면 대수인가…… 저런 위선보다는 차라리 양심적으로 사는 것이 낫지…… 내 안의 참된 믿음을 오히려 하나님은 잘 아실 거야, 따위의 생각들이 그 눈을 덮고 있었다. 교만의 극치가 아닐 수 없었다.

믿음을 선사받고 교회에 나가게 되고도 내 생활과 습관, 성격에는 큰 변화가 없는 것 같다. 답답한 일이다. 강퍅하고 완악한 마음이 겸손하고 온유해져야 할 터인데 도통 지지부진이다. 이 가운데 딱 한 가지 변화된 것이 있다. 교회 가는 사람들의 모습을 아름답고 깨끗하게 바라보게 된 눈을 얻게 되었다는 사실이다. 가장 큰 변화라면 변화일 것이다. 그러면서 생긴 또 다른 갈등과 자책도 있으나, 이런 과정을 통해서 다시금 하나님이 일하시는 오묘한 모습을 발견하고 감격하게 된다.

일전에 어느 부흥사경회에서 강사 목사님들이 교인들에게서 청산되지 않은 점들에 대해 언급한 일이 있다. 예컨더 어느 교인은 기도를 열심히 해 정말 다른 이들의 본이 될 만한데, 어쩐 일인지 입만 열면 다른 사람들의 마음에 상처를 주기 일쑤라는 것이다. 그런가 하면 어느 교인은 누구보다 희생적인 봉사로 칭송을 받지만, 시간만 나면 음란 비디오 빌려 보는 일이 감추어진 취미라는 것이다. 또 다른 어떤 교인은 성가대로, 교사로 좋은 달란트를 갖고 있는데, 영육 간에 어찌나 욕심이 많은지 통 덕이 안 된다는 것이다. 돈도 많아야 되고, 자녀드 꼭 일류 학교에 넣어야 하고……, 아마 그런 욕심인 모양이다. 물론 기도원 쫓아다니는 영적인 욕심도 있단다. 교인들의 이 같은 행태는 확실히 인간적인 약점일 뿐 아니라 기독교 복음 전파에 있어서 중요한 장애 요인인 것이 사실이다. 비기독교인들로부터 손가락질 받는 원인의 대부분이 이것이며, 이 세상 속에서 기독교가 힘을 발휘하지 못하는 원인 또한 여기에 많은 부분 기인한다.

그러나 다시 생각해 보자. 바로 그렇기 때문에 우리는 우리의 죄를 고백할 수 있으며 예수 믿는 것 아닌가. 주님도 내가 의인을 부르러 온 것이 아니라 죄인을 부르러 왔다고 말씀하지 않으셨는가. 우리는 하나님의 형상으로 창조되었으나 타락하여 약점 많은 인간이 되어 버렸다. 다행히 구원받아 하나님의 백성이 되었으나 외형상 불구의 모습은 어쩌면 그대로일 수밖에 없을지 모른다. 이 땅에 여전히 육신을 들고 살고 있는데 대체 어쩔 것인가.

문제는 이 모든 사실을 겸손히 인정하여 하나님 앞에 조용히 나아가는 일이다. 이 일이 예배이리라. 그러므로 교회에서의 예배는 아무리 그 중요성을 강조해도 지나칠 것이 없다고 할 수 있다. 신령과 진정으로 예배드린다는 말의 참뜻이리라. 이스라엘 백성이 광야 생활을 끝내고 약속의 땅에 들어가고자 할 때 하나님은 가장 먼저 성막을 짓도록 하시지 않았는가. 〈민수기〉와 〈레위기〉의 일견 복잡하고 어려워 보이는 내용들은 사실 진정과 경건의 예배를 강조하는 것과 다름없다. 교회에서의 대

예배는 이처럼 하나님의 명령이며 약속이기에 교인들 멋대로 그 일정을 바꾸어도 좋을 사항이 아니다. 일주일 내내 그가 어디서 무슨 일을 하였든, 단정한 모습으로 시간에 맞추어 제자리에 앉아 기도하는 교인을 하나님은 자신의 백성으로 가장 사랑하심이 분명하다. 그 모습은 한 주 동안 말씀에 따라 성실히 최선을 다해 능력껏 자기 분야에서 뛰었다고 자평(自評)하면서 주일 예배는 적당히 생략하거나 변형시키는 모습보다 훨씬 하나님 가까이에 있다. 하나님은 어느 곳에든지 계시지만 특별히 성전에서 만나 주시겠다고 하시지 않았는가.

비기독교인들은 물론 기독교인들마저 입을 비쭉거리기 일쑤인 교회의 난립(?) 또한 이런 의미에서 축복일지언정 빈축의 대상일 수는 없다는 것이 나의 생각이다. 물론 한 건물 안에 교회가 두 개 이상 있다든지, 두 교회가 붙어 있다든지 하는 지나친 비상식의 구도는 당연히 바람직하지 못하다. 그러나 어느 곳에서도 쉽게 만날 수 있을 만큼 전국적으로 편재해 있는 교회들의 모습은 감격스럽기까지 하다. 링컨은 학교보다 교회를 더 많이 세워야 한다고 역설하지 않았던가. 예배를 드리고 싶을 때, 기도하고자 할 때, 어느 곳에서라도 금방 예배당에 들어갈 수 있는 우리나라 교회의 이 편리함! 실제로 그것은 엄청난 축복이 아닐 수 없다. 몇 해 전 어느 지방에서 나는 그 축복을 요긴하게 누린 경험이 있다. 아무 데서나 하면 되지 뭐, 하는 건방진 독학주의를 버리고 신령한 예배의 즐거움을 맛보며 살고 싶다.

나그네의 멋

부동산 투기 열풍은 오랫동안 우리 사회를 멍들게 하는 질병으로 탄식의 대상이 되고 있다. 탄식이라는 낱말을 사용했는데, 사실은 나를 포함한 그 어느 누구도 이로부터 자유로울 수 없으리라. 부동산 투기라고 말할 수준에 이르지는 않더라도, 한국인들은 유독 집 문제, 땅 문제에 집착이 강하다. 우목인과 달리 누대로 농업을 삶의 기반으로 삼아 왔기 때문일까. 이 문제에 있어서는 기독교인들 역시 예외는 아닌 것 같다. 기도의 내용에 있어서나 감사의 내용에 있어서나 집과 땅의 소유가 축복의 한 핵심처럼 생각되는 풍토는 더 이상 낯설어 보이지 않는다. 물론 대다수의 기독교인들이 여기에만 머물러 영원한 진실, 올바른 삶을 향한 방향을 그르치고 있다는 것은 아니다. 그러나 이 세상에서의 생활은 잠시뿐이라는 것, 영원한 나라가 우리에게는 이미 주어져 있다는 것을 입으로는 고백하면서도 부동산에 대한 집념이 강한 이유는 어떻게 설명이 될 수 있을까. 나그네가 하룻밤 숙소를 굳이 호화로운 것으로 밝히는 모순이라고 할까. 어쨌든 아이러니컬한 현실이다.

우리가 지금은 나그네 되어도 화려한 천국에 머잖아 가리니.

나그네의 그 여정은 험하고 고단하기 마련이다. 그러나 찬송가가 노래하듯이, 나그네의 즐거움은 그가 가는 목적지를 향한 기대에 있다. 더구나 그곳이 화려한 천국이라니! 이렇게 볼 때 우리 나그네들은 목적지보다 가는 길 자체에 더 관심이 많은 특이한 나그네들이 아닌가 싶다. 그러나 정말 특이한 나그네라면 아무래도 성경에 나오는 레갑 족속이 아닌가 한다.

유다 왕 요시야의 아들 여호야김 때에 여호와로서 말씀이 예레미야에게 임하니라. 가라사대 너는 레갑 족속에게 가서 그들에게 말하고 (……) 레갑의 아들 우리 선조 요나답이 우리에게 명하여 이르기를 너희와 너희 자손은 영영히 포도주를 마시지 말며 집도 짓지 말며 파종도 하지 말며 포도원도 재배치 말며 두지도 말고 너희 평생에 장막에 거처하라. 그리하면 너희의 우거하는 땅에서 너희 생명이 길리라 하였으므로 (……) 거처할 집도 짓지 아니하며 포도원이나 밭이나 종자도 두지 아니하고 장막에 거처하여 우리 선조 요나답이 우리에게 명한 대로 다 준행하였노라. (예레미야 35:1-10)

잘 알려져 있지 아니하고 잘 거론되지도 않는 앞의 말씀은, 그러나 성경상 가장 영적인 계보로서 레갑 족의 존재와 그들의 성격, 행태를 뚜렷이 보여 주고 있다. 레갑 족속은 술을 마시지 않았으며 집도 짓지 아니하였다는 것이다. 옷을 어떻게 입었는지는 모르겠으나, 요컨대 의식주 생활을 극도로 절제했던 것으로 보인다. 여기서 특히 관심을 끄는 대목은 거처할 집을 짓지도 아니하고 유랑 생활을 하다시피 했다는 것이다. 말하자면 나그네 생활이다. 성서 학자들에 의하면 이들은 금속 기술자로서 건축 전문가라고 할 수 있었는데, 솔로몬의 성전 건축에 참여하지 못하고 소외된 채 쇠락의 길을 걷게 되었다는 것이다. (솔로몬의 성전 건축은 하나님이 싫어하시는 두로왕 후람에 의한 것으로서 레갑 족속이 배제되었다는 점에서 많은 문제점을 안고 있다는 해석이 있다. 결국 성전은 무너지지 않았는가.)

아브라함의 자손 가운데 유다와 미디안이 결합하여 탄생한 레갑 족은 오늘날에도 명맥을 유지하고는 있으나, 숫자나 세력은 매우 미미하다. 그러나 그들의 영적인 철저함은 여전히 대단한데, 〈누가복음〉에 의하면 예수의 족보가 바로 레갑 족의 그것이라고 한다. 예수의 직업이 목수였다는 점도 레갑 족의 그것과 건축 전문가였다는 면에서 상통한다는 견해가 가능하다. 그렇다면 레갑 족에서 예수로 이어지는 성전 건축의 사명은 영적인 것으로서 결국 하늘나라의 성전 건설임이 분명해진다. 영원한 나그네 레갑 족이 가는 곳은 천국이며, 그들은 표표히 그 천국을 스스로 만들어 가고 있는 것이다. 이제 마치 천연기념물처럼 희귀한 존재들이 되어 버린 레갑 족이 이 땅에서 완전히 사라지는 그날 예수가 다시 오시는 것은 아닐까 하는 생각에 나는 문득 사로잡힌다.

이렇게 볼 때 인생을 나그네 길에 비유한 성경 말씀은 단순한 비유가 아닌 모양이다. 그것은 하나님의 약속이자 성경 가운데 오묘하게 숨겨져 있는 역사적 사실인 듯하다. 나그네로서의 운명이 인간에게 주어진 길임은 성경 도처에 명시되거나 암시되어 있다. 예컨대 야곱의 아들 요셉은 온갖 고난과 역경을 극복하고 애굽의 총리가 되어 궁핍에 처한 형들을 구해 주지만, 그 같은 화해와 구제의 상황에 안주하지 않는다.

"요셉이 그 형제에게 이르되 나는 죽으나 하나님이 너희를 권고하시고 너희를 이 땅에서 인도하여 내사 아브라함과 이삭과 야곱에게 맹서하신 땅에 이르게 하시리라 하고"(창세기 50:24)라는 말씀이 명시하듯 출애굽의 현실이 뒤따르게 된다. 곧 엄청난 나그네 길의 시작인 것이다. 안주를 거부한 요셉의 유언은 요셉을 통한 하나님의 약속이자 명령이기도 한 것이다.

우리는 예수를 믿지만 예수가 될 수는 없다. 아마 레갑 족의 생활 또한 흉내 낼 수조차 없을 것이다. 그러나 레갑 족속의 유랑과 요셉의 유언은 우리를 부끄럽게 한다. 아니, 훨씬 더 두렵게 한다. 왜냐하던 우리는 안주를 좋아하고 갈망하기 때문이다. 그러나 물론 목적 없는 유랑이나 방랑, 방황은 저들이 몸소 실천하고 예시하듯 참다운 나그네 길과는 거리가 멀다. 우리가 주목해야 할 부분은 지금 이 땅에 대한 집착, 그것을 소유하겠다는 착각에 관한 진지한 성찰과 관계된다. 아파트를 두 채, 세 채 사 두고 땅을 사 두면 마치 자기 땅이나 되듯 생각하는 어리석음에 대한 반성…….

여름이 오고 바캉스 철이 되었다. 바캉스 철에 반드시 여행을 떠나야 하는 것은 아니지만, 벌써 오랫동안 집을 나서는 일이 우리네 관습으로 익숙해졌다. 자, 그렇다면 이제 훌훌 털고 나그네가 한번 되어 보자. 어느 곳에 머물고 무엇을 먹을지 너무 신경 쓰지 말고 나그네의 참뜻을 새기고 실행하는 진짜 나그네. 나그네의 멋은 아무래도 벗어던진 표표함이리라.

제3장

문학, 욕망의 심연에 빠지다

인문학의 위기와 새로운 활로

인문학이 세기말, 그리고 새로운 세기를 바라보는 시점에서 위기에 처했다는 진단은, 19세기 말의 그것을 연상시킨다. 《서양의 몰락》에서 슈펭글러가 그리고 《대중의 반역》에서 오르테가 이 가세트가 보여 주었던 얼굴과 오늘 우리의 일그러진 얼굴은 너무 흡사해 보이기 때문이다. 한마디의 요약이 허락된다면, 그 모습은 자연 과학의 안팎에서 소용돌이치고 있는 물질주의, 실증주의, 정치주의, 대중주의에 의해 인간 정신이 위협받고 있다는 강력한 경고, 혹은 더 나아가 인간 정신이 마멸당하고 있다는 현장의 신음 소리 비슷한 것이었다고 회상된다. 물론 이러한 생각은 그 뒤에 한쪽으로는 동구라파 좌파, 다른 한쪽으로는 미국 중심주의 대중 사회론자들에 의해 전통적 보수주의 내지 엘리트적 관점으로 비판받기는 했지만, 인문학의 전통과 관련해서는 여전히 유효할 수밖에 없는 이른바 프랑크푸르트 학파의 비판 이론, 심지어는 후기 구조주의의 그것까지 이러한 전통에서 여전히 멀리 가지 못하고 있는 게 현실이다. 프랑크푸르트 이론의 엘리트 문화 비판에도 불구하고 이 이론에 내재해 있는 엘리트주의와 후기 구조주의의 여러 이론들이 형이상학 전통과 관념에 도전하고 있음에도 불구하고 이 역시 니체적 엘리트주의를 온존하고 있다는 사실을 감안한다면 오늘 20세기 말의 인문학 위기론과 19세기 말의 그것은 그 역사적 성격이 그리 다르지 않다는 점을 인정할 수밖에 없다.

그렇다면 오늘 우리 인문학의 위기의 근원과 배경을 짚어 보는 일은, 생각처럼 어려운 일만은 아니다. 그 원인은 크게 두 가지로 나누어 생각할 수 있을 것이다. 첫째, 먼 원인은 이른바 르네상스 이후 거의 신화화된 명제인 인간 중심적 세계관에서 찾을 수 있을 것으로 보인다. 얼핏 보아 인간 중심주의와 인문학은 같은 궤도를 달리는 위성처럼 보이나, 실은 서로 어긋나는 톱니바퀴의 운명 안에 있음을 이제 거시적인 관점에서 인정해야 할 때가 되었다. 르네상스 시대의 인문주의란 정치적 권위와 결탁된 세속 종교의 권위로부터 인간성을 찾아내자는 것이었고, 그것은 탈신비화라는 역사 과정으로 이어졌다. 그러나 인간성 추구의 무한 질주는 다침내 19세기 말의 비극에서부터 20세기 말에 이르는 인간성 폭발이라는 위험 수위를 경험하기에 이르게 되었다. 과학 기술의 발달과 정치적 자유, 평등을 기조로 하는 시민 사회의 형성이 억압적 신성에 대항하는 인간성 신장의 산물임은 누구도 부인 못할 역사적 성과이다. 그러나 그 성과가 과연 인간의 행복과 평화를 보장하였는가. 역사는 이에 대해 부정적 평가를 내리고 있다. 초기 비판 이론가였고 나중에 후기 산업 사회의 운명을 예견하였던 마르쿠제는 인간 이성이 도구적 이성으로 전락하였다고 통렬하게 비탄한 바 있다. 도구화된 이성에 의해 과학 기술의 발달은 과학 지상주의를 초래하였고, 정치적 자유와 평등이라는 이상은 정치적 이념 만능주의를 유발하였다. 세계 곳곳에서 접종하는 대·소규모의 전쟁과 경쟁적인 핵무기 개발, 환경 파괴에 의한 재해의 빈발 등 지금 지구촌은 르네상스 이후 추구되어 온 인간성의 본질이 거대한 욕망 덩어리와 다름 아님을 숨김없이 드러내고 있다. 나로서는 이러한 비극이 올바른 인문학 정신을 외면한 상태에서 인간 중심주의의 신화를 맹목적으로 신봉한 결과라고 생각한다.

이렇듯 인문학 정신은 인류의 장래와 직결되는 생명의 문제이다. 그러나 그 정신은 과학과 정치, 산업은 물론 인문학이 탄생시킨 대학에서마저 위협당하고 있는 현실이다. 다학의 정신은 바로 인문주의 정신이다. 대학 정신의 표본으로서 광범위하게, 그리고 오랫동안 지켜져 온 독일 자유 베를린 대학의 창학 이념인 자유와 진리, 그 근본을 이루는 창의성의 정신이 동요되고 있다. 이 대학의 총장이었던 홈볼트, 그리고 교육부 장관이었던 피히테가 독일 낭만주의와 이상주의의 대표적 이론가이기도 했었다는 사실을 기억하자. 낭만주의와 이상주의는 영원히 현실에서 구현되는 것이 아니다. 그러나 그 정신이 바로 인문학의 정신이라는 사실을 잊어서는 안 될 것이다. 낭만과 이상은 이 땅에서의 현실주의적 세계관, 말하자면 물질주의, 정치주의, 과학주의에 만족할 수 없는 가치관이며, 그와 같은 공리주의적 구속에서 벗어나고자 하는 자유론의 지향과 연결되는 세계일 것이다. 대학은 바로 이 같은 이상의 보루로서 어떠한 기술 발달과 문명의 진보에도 불구하고, 이상이 인간의 바람직한 삶을 위해 어떻게 기여하는지 끊임없이 참조하고 검토해 가는 기관으로서 기능한다. 그런데 과연 오늘의 대학 현실, 특히 한국의 대학 현실은 어떠한가. 한마디로 요약하는 일이 허용된다면, 대단히 실망스럽다고 하지 않을 수 없다. 인문학의 정신은 실종되고 이른바 경영 마인드만 강조되는, 살벌한 업체 논리만이 기승을 부리고 있는 느낌마저 든다. 물론 이러한 현실이 초래된 데에는 지나치게 방만한 대학 구조와 제도,

특히 교육 당국의 무원칙, 무질서한 교육 정책과 교육 철학의 결핍이 먼저 지적되어야 할 것이다. 그러나 인문학의 위기는 인문학 정신을 기반으로 하는 대학의 위기에서 그 원인을 찾는 것이 순서일 듯하다.

인문학의 위기를 이처럼 분석적으로 관찰하고, 시대의 추세로 여겨서 좌절하고 앉아 있을 수는 없다. 무엇보다 인간의 정신은 자생적인 회복력을 갖고 있다는 존재론적 낙관 이외에도 오늘의 후기 산업 사회의 여러 징후들이 오히려 인문학적 정신의 산출을 요구하리라는 것이 나의 소견이다. 주지하다시피 오늘의 사회는 정보 사회기며, PC와 인터넷의 발달은 일찍이 아도르노가 말한 바 '기계'라는 이름의 천사'가 정말로 천사 노릇을 하고 있음을 보여 준다. 그러나 이 정보 사회는 끊임없이 정보의 유통과 매개에만 매달리는, 정보라는 이름의 우상을 섬기고 있을 뿐이다. 우상의 특징은 그것이 반드시 깨지고 만다는 점에 있다. 구체적으로 들어가 보자. 컴퓨터의 구조를 형성하고 있는 이른바 하드웨어와 소프트웨어는 반드시 고정적인 것일까? 소프트웨어가 하드웨어에 도전, 하드웨어 자체를 변화시키는 일은 일어나지 않을까? 전달의 대상이 되는 정보는 언제나 일정한 것이 아니다. 그 정보는 누군가에 의해 생산되어야 하고 그 주체는 인간이다. 인간은 정보 전달의 매개 자리에 항상 앉아 있지 않다. 정보를 변화시키고 죽이며, 다시 살리는 일까지 한다. 문제는 어떤 급격한 변화, 즉 폭력적 상황이 회피되면서 이 일이 이루어질 수 있느냐 하는 점이다. 이제 우리 시대의 지성은 이 일을 위해, 교만을 바탕으로 한 무한 성정의 우상과 신화에서 깨어나 겸손하게 자연으로서의 인간의 본질에 다시 눈을 돌려야 할 것이다. 그리고 그 일은 21세기에 반드시 이루어질 것이다.

아날로그와 디지털의 통합

　이른바 거대 담론이 사라진 이후 한국 문학은 21세기에 들어 정중동(靜中動)의 분위기 속에서 새로운 모색기를 맞이하고 있는 듯하다. 표면상의 변화는, 종래의 취락주의적 문단이 와해되어 가는 한편, 다른 쪽에서 새로운 문예지들의 대거 등장이라는, 일견 모순되어 보이는 현상에서 감지된다. 《자유문학》, 《현대문학》이 주도하던 1950년대를 지나, 1960년대 이후에는 《문학과 지성》(현재 《문학과 사회》)과 《창작과 비평》이 문단의 새로운 바람을 일으키면서 현대 문학의 지평을 열었던 것을 우리는 기억한다. 군사 독재 시절을 거치면서 외부에 대한 직접적인 저항, 혹은 내면적 잠재력의 축적을 통해 성장한 한국 문학은 두 계간지의 강제 폐간과 복간으로 1980년대 중반 이후 새로운 전기를 개척한다. 닫혔던 입과 왜곡되었던 손이 풀리면서 1990년대 이후 문학의 표현 욕구는 거의 홍수를 이루다시피 넘쳐 나게 되었다. 《문학동네》는 양대 계간지 중심의 문단에 새롭게 나타나면서, 잠복된 요구의 분출구로서 요긴한 역할을 하게 되었다. 그러나 문학의 내적 투쟁과 긴장을 통한 성취, 또는 직접적인 현실 참여라는 두 가지 측면에서 접근하는 대신 가치중립적 문학의 향수 층을 개발하는 일에 치중된 새로운 계간지를 비롯한 문학 저널리즘의 활동이 최근 10년 안팎에 크게 부각되었다. 그 결과 가장 중요한 특징으로서 문학 인구의 폭발적인 증가가 이루어지게 된다. 시인의 경우, 이제 그 숫자를 정확히 파악하는 일조차 불가능해 보이는데, 대략 만 명 정도가 될 것으로 여러 사람들이 어림하는 이야기를 들은 일이 있다.

거대 담론의 약화와 작가 인구의 급증, 그리고 근자에 이르러 속출하고 있는 문학지들―《작가세계》, 《문학인》, 《문학수첩》, 《21세기 문학》 등등, 그리고 수많은 시 잡지들―이 가져온 가장 두드러진 현상은, 작가와 독자들이 이제 획일적인 투망에 그들의 관심과 취향이 포획되는 것을 거부하고 있다는 점이다. 어떤 면에서는 같은 시대를 살고 있다고 느껴지지 않을 만큼의 상위(相違)를 그들은 내보이고 있다. 한편에서는 여전히 통일과 민족 문제의 중요성이 강조되는 가운데, 그 맞은편에서는 페미니즘의 당위성에 관한 논의가 힘을 얻어 가고, 또 다른 쪽에서는 다소 현실성·사회성이 결여된 듯한 신화 이야기가 흥미진진한 인기를 얻고 있는가 하면, 그 둘레를 감싸면서 퓨전이니 크로스오버니 하면서 양식의 순수성이 없어지고 영상 매체들과 문학의 교합이 재미있게 이루어지고 있다. 심지어 다매체 시대이므로 문학 자체만 논의하는 것은 무의미하다는 주장까지 일각에서 나오고 있는 형편이다. 게다가 과거 같으면 외설 시비가 일어났을 수준의 성 묘사가 많은 작품들에서 일반화되는 경향까지 나타나는 가운데 환상 문학에 관한 관심이 고조되고, 아동 문학의 위상이 향상되면서 성인 문학과의 관계가 새로운 정립을 요구하는 상황이기도 하다. 이렇듯 다양성이라는 말로 부르고 지나가기에는 참으로 다채로운 문학 현실임에도, 그러나 뜻밖에도 정통적인 비평은 문학의 위기를 말하기도 하는, 기묘한 현실이라는 점이 올바로 주목되어야 한다.

　아직은 조심스러운 진단이 될 수밖에 없겠으나, 문학은 이제 한 세기에 걸쳐 전개되어 온 리얼리즘과 모더니즘의 양자 구도를 벗어나고 있음이 틀림없어 보인다. 양자는 포스트모더니즘이라는, 스스로 의도되지는 않았던 이념에 의해(혹은 현상에 의해) 무장 해제를 당하고, 일종의 통합을 강요당한 것으로 보이는데, 그 통합은 당연히 혼돈으로 투영될 수밖에 없고, 전통의 입장에서 볼 때 그것은 위기이리라. 그렇기 때문에, 보다 정확하게 말한다면, 문학의 위기는 이념의 위기이며, 비평의 위기이다. 비평은 일종의 검증인데, 이즈음 어느 작가도 검증을 두려워하지 않을 뿐 아니라, 아예 백안시하기까지 한다. 신춘문예와 문예지 추천과 같은 당선 제도가 여전히 있기는 있지만, 그 명예와 위력은 상대적으로 약화된 지 오래다. 낙선자들은 오히려 인터넷을 통해 자신의 작품을 올려놓을 뿐 아니라, 당선작을 평가하고, 문제점까지 지적한다. 비평의 공준은 현저히 무력화되고, 권력적인 시각에서 작가와 작품을 바라보고 해석하는 풍토까지 생겨난 감이 있다. 그 결과 인문 정신의 중심에 있어야 할 문학 역시 정치 마인드, 경영 마인드라는 시류에 얹혀서 표류하는 인상을 주고 있다는 것이, 비평 쪽에서 바라본 위기론의 실체이다.

신춘문예를 비롯한 문학 관련 심사를 해오면서 느끼는 소감은 두 가지로 압축된다. 그 하나는 우리 민족 고유의 그 끈질긴 문학 정신, 그 감수성과 정서이다. 질적으로나 양적으로나 그 정열은 매우 놀라운 수준이다. 그것은 아날로그와 디지털의 구별을 무의미하게 할 정도의, 그야말로 신화적인 힘이라고까지 할 수 있다. 문제는 두 번째 소감인데, 그것은 이 열기가 보다 넓고 깊은 정신사적 범주에서 보다 세련된 힘으로 강화되고 있지 못하다는, 오래된, 거듭되는 아쉬움이다. 권력·경영 가인드에 흡수되어 그것을 제압하는 인문 정신으로 연결되지 못하는 안타까움이다. 문학은 다른 예술 장르와 통합·혼합되는 퓨전의 한 종(種) 이상의 것으로, 어느 시대 어느 사회에서든지 기능해 왔다는 사실에 대한 환기가 중요한 시점이 바로 지금이다. 자본에 의해 지배되는 문화의 한 분야로서의 문학 아닌, 사회와 문화의 구심으로 작용할 문학의 능력을 우리는 믿고 존중해 나가야 할 것이다.

세계인의 삶을 이해하기 위하여

1

문학이라고 하면 너무 재미있어 하는 학생들과 그렇지 않은 학생들이 있다. 후자의 경우 문학은 무언지 막연하고 애매하여 뜬구름 잡는 일과도 같다고 생각하는 것이다. 당연히 이런 학생들에게 문학은 어려운 것으로 느껴지게 마련이다. 그러나 결론을 앞당겨서 말한다면, 문학은 재미만 있는 것도 아니고, 그렇다고 해서 어려운 것은 더욱 아니다. 문학은 그저 우리의 삶 자체라고 나는 말하고 싶다. 따라서 외국 문학이라는 것도 외국, 혹은 외국인의 삶이며, 그것을 공부한다는 것은 그들의 삶을 배우고 이해하는 일이라고 할 수 있다.

문학이 곧 우리의 삶이라는 뜻은 그렇다면 무엇일까. 얼핏 심오한 내용이 숨어 있을 듯하지만, 사실 그렇지도 않다. 우리 삶의 내용을 돌아보는 것만으로 그 이해는 충분히 이루어진다. 문제는 우리의 삶, 즉 인생을 진지하게 성찰할 자세가 우리에게 있느냐, 없느냐 하는 것이다. 이즈음 TV에서 주로 방영되는 퀴즈 프로그램을 보면 흥미 있는 현상이 한 가지 있는데, 젊은 출연자들이 주로 문학 문제에 취약하다는 사실이다. 반면 40대 이상의 중년 남성들에게서는 그 같은 현상이 훨씬 덜한 듯하다. 말하자면 새로운 세대와 더불어, 즉 시대가 진행될수록 문학에 대한 관심이 희박해지고 있는데, 이 현상을 앞서 말한 인생론에 비교해 본다면 삶에 대한 진지한 성찰이 갈수록 무디어지고 있다는 뜻이 된다.

삶을 뒤돌아보는 성찰에는 시간과 거리가 요구된다. 그러나 이즈음의 현대 생활에는 이런 것들이 끼어들 틈이 없다. 너무 스피드한 세상이 되어 가고 있기 때문이다. 속도는 능률이고 능률은 경쟁의 미덕이 되는 사회에서 시간을 갖고 성찰한다는 것은 그만큼 지체되고 낙오되는 결과라고 생각되기 때문이다. 그러나 과속으로 달리는 자동차 안에서는 밖의 풍경을 감상하거나 옆 자동차와의 질서를 고려할 겨를이 없다. 그렇기는커녕 자칫 과속은 사고로 연결되기 일쑤이다. 문학은 이처럼 무엇보다 속도에 저항한다. 문학 평론가 오생근 교수는 《문학의 숲에서 느리게 걷기》라는 평론집을 출간한 일이 있고, 체코의 저명한 작가 밀란 쿤데라는 《느림》이라는 소설을 상재한 바 있다. 이들 모두 문학은 속도 아닌 느림의 산물이며, 느림은 곧 삶을 찬찬히 성찰하는 일임을 밝히고 있다.

삶을 성찰한다는 것은 한편으로 반성을 의미하지만, 다른 한편으로는 음미, 즉 천천히 맛을 본다는 의미이다. 인간은 삶을 살아가지만 대체 삶이 무엇인지 맛보며 살아야 할 것이 아닌가. 많은 사람들이 목적 없는 인생을 살면서 그 생을 마치는 순간 당혹과 회한에 빠진다. 문학은 죽음에 이르기 전의 삶을 맛보기, 아니, 나아가 죽음을 넘어선 세계까지도 상상력의 힘으로 그 맛을 보는, 느리게 인생 살기이다. 느리게 거닐다 보면 보이는 것들이 많다. 무엇보다 사랑이 보인다. 이성 간의 사랑은 물론, 부모·형제 사이, 친구 사이, 이웃 사이, 신과 피조물 사이의 갖가지 사랑의 모습들이 흥미 있게 눈에 들어온다. 사랑만이 아니다. 사랑은 어느새 증오가 되고, 다시 화해를 이루고 울고 웃는 우리 스스로의 모습이 발견된다. 거기에는 또 이별이 있고 만남이 있다. 도덕과 이념, 욕망을 둘러싼 인간들의 다툼이 있다. 이것들이 곧 삶의 내용이다. 여기에 가장 중요한 것이 등장하는데, 그것은 말, 곧 언어이다. 앞서 말한 모든 문제들은 결국 인간의 말과 글을 통해 나타나는 것이다.

언어는 사실 인간을 인간 되게 하는 가장 결정적인 요건이다. 어쩌면 인간은 곧 언어라고 말해도 무방할 정도로 언어는 인간의 본질을 형성하는 개념 자체이다. 생각해 보자. 인간과 다른 동물 사이에 어떤 변별 점이 있는가. 인간을 포유동물의 일종이라고 생물학에서는 설명하는데, 그렇다면 다른 동물과 무엇이 다른가. 생김새가 다르다는 점을 제외하면, 인간에게는 언어가 있다는 점이 가장 확실한 차이가 될 것이다. 흔히 인간을 생각하는 동물이라고 해서, 사유의 능력을 지적하기도 하는데, 그 사유가 바로 언어인 것이다. 언어를 통해 표현되기 이전의 사유는 그 형태가 결정되지 않은 채 떠도는, 말하자면 존재하기 이전의 사유이므로 아직 사유라고 말할 수 없다. 곧 언어가 사유인데, 문학은 그 언어로 삶을 표현하는 것이다. 그러므로 넓은 의미에서는 언어생활 모두가 문학 활동이라고 할 수 있지만, 그렇게 광범위하게 쓰이지는 않는다. 일반적으로 언어생활 가운데에서도 예술성이 있다고 생각되는 부분만을 문학이라는 특정한 양식으로 규정하는 것이다. 여기서 예술성의 문제가 발생하며, 결국 문학은 어떠한 형태를 지닌 형식이 그 구체적인 모습으로 떠오르게 된다.

자, 다시 한 번 문학이 무엇인지 간략하게 정의해 보자. 첫째, 문학은 삶에 대한 진지한 성찰이다. 둘째, 문학은 언어로 그 삶을 표현한다. 셋째, 문학의 언어에는 예술성이 포함되어 있어야 한다. 모든 사람들이 말을 하고 글을 쓰므로 언어활동을 하지만 그들 모두가 문학인은 아니다. 그렇다면 예술성이란 무엇인가. 이에 대해서는 먼저 반세기에 걸쳐 거의 확정된 텍스트와 같은 신뢰를 획득하고 있는 《문학의 이론》(R.웰렉/A.워렌 공저)에서 다음 부분에 귀 기울여 보는 것이 좋을 듯하다.

①문학이라는 용어는 우리가 그것을 문학이란 예술, 즉 상상력에 의한 문학으로 한정할 때 가장 잘 드러나는 것 같다. 이 용어를 받아들이는 데에는 몇 가지 문제들이 있다. 그러나 영어에서 소설이나 시와 같은 대용어들은 이미 좁은 의미로 선취되었거나 상상적인 문학이나 순문학이라는 말처럼 거칠면서 오해의 우려가 있다. (……) 돌이나 청동이 조각의, 물감이 회화의, 소리가 음악의 재료이듯이 언어는 문학의 재료다. 그러나 언어는 단순한 불활물질이 아니라 그 자체가 인간의 창조물이며, 따라서 언어 집단의 문화적 유산을 지니고 있음이 인식되어야 한다.

②예술은 리얼리티의 세계로부터 작품의 진술을 획득하는 어떤 유의 구조를 형성한다. 이리하여 이해관계 없는 명상, 미적 거리, 구상과 같은, 미학에서의 공통된 개념 몇몇을 우리의 의미론적 분석에 다시 도입시킬 수 있다. 그럼에도 우리는 예술

과 비예술, 문학과 비문학적 언어 표현 사이의 구별이 여전히 유동적이라는 사실을 깨닫지 않으면 안 된다. (……) 미적 기능이 지배적인 작품만이 문학이라고 생각하는 것이 가장 좋을 것이겠지만, 그러나 우리는 예컨대 과학 논문이나 철학 논문, 정치 논설, 설교와 같은 비미학적인, 전혀 다른 목적을 지닌 그것들에서도 문체·구성과 같은 미적 요소들이 있다는 것을 인정할 수 있다.

③그러나 문학의 본질은 문학이 다루는 대상의 측면들을 비출 때 가장 뚜렷이 나타난다. 문학예술의 핵심은 서정시·서사시·드라마 등의 전통적 장르에서 명백히 발견될 것이다. 이 모든 장르에서 취급되는 대상은 허구의 세계, 상상의 세계다.

요컨대 예술성을 구성하는 핵심은 창의성, 허구, 상상력이라고 할 수 있다. 이러한 개념 아래에서 시, 소설, 드라마 등의 장르가 성립되는데, 물론 장르의 이러한 구별과 그 양태는 절대적인 것은 아니다. 문학이라고 하면 바로 이러한 장르 자체를 연상하는 경우가 많은데, 그것은 전통과 관습의 한 결과이지 장르 자체가 문학은 아니다. 문학은 오히려 이미 주어져 있는 장르 내지 형식이 가장 올바르고 합당한가 하는 것을 반성하고, 글

쓰는 사람 자신이 독창적으로 자기의 형태를 추구한다. 이러한 경로로 글 쓰는 이의 상상력을 통해 형성되고 반영된 주관이 새로운 형식을 만들어 내는데, 그 과정 자체가 바로 문학 행위인 것이다. 그러므로 문학은 결정된 형태에 대한 이름이기도 하지만, 동시에 그 행위 전반에 대한 지칭이라고도 할 수 있다.

2

이제 우리는 국경이 없어진 세상에 살고 있다고 한다. 이른바 '글로벌 시대'라는 것인데, 이에 대해서는 이미 1960년대 후반 마르쿠제가 예견한 바 있다. 문명 비평가로서 당시 학생 운동의 이론적 지도자이기도 했던 그는 역사의 앞날에 대한 탁월한 통찰력으로 유명했는데, 그에 의하면 생산이 소비를 창출하고, 다국적 기업이 민족과 국가의 개념을 약화시키며, 취미의 획일화·균질화로 갖가지 전통적 경계가 무너지게 된다는 것, 그의 저서 《일차원적 인간》이라는 말이 뜻하듯, 세상은 다차원에서 일차원으로 이동한다는 것이다. 비평적 성찰로서 의미 있어 보였던 그의 주장은, 2000년을 넘어선 지금 도처에서 현실로 나타나고 있다. 산업·경제 체제 면에서 지구촌이 하나의 시장이 되고 교통의 발달이 전 지구를 일일생활권으로 터놓는 것은 물론, 무엇보다 인터넷의 등장은 이 같은 글로벌 시대의 촉진을 결정적으로 강화하고 있다. 인터넷 화면에서 다양한 국가와 민족, 체제들은 동일한 평면으로 부침한다. 그 속에 담긴 온갖 문화적 전통들은 오직 컨텐츠일 뿐이다. 그 내용들은 모드 동영상으로 뜨기 때문에 언어의 비중도 그 어느 때보다 덜 무겁다. 언어에 얹혀 있는 문학의 운명이 훨씬 가벼워지고 있는 것도 이러한 추세에 비추어 당연하고 또 자연스럽다.

그러나 언어의 비중이 인터넷을 통하여 상대적으로 가벼워졌다는 것이, 문학 자체의 기능과 역할이 약화되었다는 것을 뜻하지는 않는다. 한 통계에 의하면(《문예연감》, 문예진흥원, 2005.) 2004년도 문학 도서의 발간은 총발행 부수에 있어서 사상 최고치를 나타낸 바, 이것은 디지털 문화로 전통적인 문학이 후퇴하리라는 예상이 완전히 빗나간 결과였다. 어떻게 된 일일까. 인터넷의 동영상적 성격에만 주목하고, 그 컨텐츠의 내용에 대해서 관심이 부족했기 때문에 생긴 현상이라고 할 수 있다. 말하자면 디지털-인터넷-동영상이 발달하면 할수록 종이 책으로 된 문학은 오히려 더 발달한다는 것을 입증한 것이다. 게다가 그 문학은 우리 문학/남의 문학, 즉 한국 문학/외국 문학의 구분을 사실상 무력하게 만들어 버렸다. 인터넷에 들어가 창을 열면 그 화면은 일차원적인 평면이지만, 그 구성은 다양하고 다층적이며, 무엇보다 다국적이다. 그리하여 일차원의 평면은 무수한 창을 내장하고 있는 것이다. 문학의 경우도 예외는 아니어서, 그 속에는 내 것/네 것의 구분이 없다. 한글로 창을 열었어도 필요에 따라 영어로 연결되고 중국어-일본어, 혹은 독일어-불어로 끊임없이 이어진다. 예컨대 낭만주의를 클릭하면 백조파가 나오지만, 그 본질을 더 캐가면 독일 낭만주의로 이어져 노발리스(Novalis)나 티크(Tieck) 등의 작가가 나타난다. 그 과정에서 독일어의 등장은 필수적이다. 리얼리즘을 만약 찾는다면, 한두 번의 창을 거친 후 반드시 프랑스의 19세기 리얼리즘에 닿게 되고 발자크라는 작가를 불가피하게 만나게 된다. 이때에도 불어와 영락없이 부딪히게 된다.

미술·음악과 달리 문학은 자국어로 쓰인다는 점에서 언어 문제가 이른바 세계화의 장애로 거론되어 왔다. 이 문제는 자국어를 가진 민족들이 각기 모국어를 포기하지 않고 글을 쓰는 한, 소멸될 수 없는 문제이다. 그러나 세계화의 추세 속에서 그 격리의 운명은 급격히 완화되고 있다. 그 하나의 원인은 앞서 말한 인터넷이다. 다음으로는 세계어로서 영어의 권력화 현상을 들 수 있다. 인터넷 현상과도 연관된 이러한 구도는 반드시 긍정적 측면만을 지닌 것은 아니며, 도리어 민족 문화의 고유성 상실이라는 위험을 드러내기도 한다. 그러나 이제는 문학에서도 영어를 공용어로 사용하는 것이 불가피하리라는 전망까지 나오고 있는 터여서 세심하게 관망하여야 할 과제가 되고 있다. 그러나 이런저런 이유 이외에, 외국 문학을 더 이상 남의 문학으로 놓아두고 우리 문학과 구별 짓는 일이 무용할 수밖에 없는, 보다 근본적인 이유는 다른 데에 있다.

앞서 언급했듯이, 오늘의 문학이 그 본질 면에서 빚진 많은 부분은 외국, 특히 서구 문학과 관계된 것이 사실이다. 창의성, 허구, 상상력이라는 문제들 역시 웰렉과 워렌에게서 체계화된 모습을 보지 않았는가. 말의 엄밀한 의미에서 '우리' 문학이라는 것이 가능할 수 있는 범위와 수준을 검토하는 일은, 깊은 연구의 대상이다. 그러나 한 가지 확실한 것은, 그것이 쉽지 않은, 지속적인 고민과 연관된 작업이라는 점이다. 말하자면 고유성에 대한 연구는, 문학을 포함한 모든 학문의 영원한 숙제이다. 이 점을 비켜 놓고 볼 때, 우리 한국 문학은 오랫동안 서구 문학과 다른 전통의 길을 걸어왔으며, 그것은 오늘 우리가 문학이라고 부르는 어떤 것과 사뭇 다르다. 요컨대 현대 문학은 서구 문학으로부터 싫든 좋든 그 본질과 개념을 영향받아 왔으며, 그것이 바람직한 것으로 인식·수용되어 온 것이다. 물론 그중 상당 부분은 비판된다. 그러나 그 틀이 그러하다는 것이다. 가령 우리 문학의 경우, 조선 시대에는 일종의 파워 엘리트로의 진출을 위한 교양 필수 과목이었다. 사대부라는 개념 자체가 문학인 '사(士)'와 권력인 '대부(大夫)'의 결합이었다. 말하자면 현대 문학의 요체인 삶에 대한 성찰, 즉 비판 기능이 고려되지 않았던 것이다. 문학은 성찰하고, 고려하고, 비판한다는, 그 본질적 기능은 18세기 말 낭만주의에서 발원하여 19세기 중반 리얼리즘을 거치면서 확립된 서구 시민 사회의 소산이다. 물론 우리 사회에도 이 같은 근대 의식의 발아가 19세기 후반의 박지원 시대, 혹은 그보다도 훨씬 이전 자생적으로 이루어져 왔다는 주장이 있으며, 그러한 견해는 타당할 수 있다. 그러나 20세기 이후 오늘에 이르기까지 우리 현대 문학은 서구 문학의 강력한 영향 아래 발전해 온 것이 사실이며, 이 현실은 대부분의 다른 나라에서도 비슷하게 나타난다. 그러니까 20세기 후반 이후 세계화의 물결이 거세지고 오늘날의 글로벌 시대가 도래하기 훨씬 이전부터 우리 문학은 벌써 세계 문학과의 왕성한 교류 가운데 있었던 것이다.

3

그렇다면 문학의 현실적 목적과 보람, 그리고 실익이 있다면 무엇일까. 나아가 외국 문학의 경우 어떠한가. 우리 모두 실제로 한번쯤 이 같은 물음 앞에 맞서지 않을 수 없다. 일찍이 괴테는 그의 대작 《파우스트》에서 문학의 멋을 이렇게 그려 내었다.

시인은 무엇으로 만인의 심금을 울리는 걸까요?

무엇으로 모든 원소를 이겨 낼 수 있을까요?

그것은, 가슴속에서 솟아 나와

온 세계를 다시 가슴속으로 이끌어 들이는 조화의 힘이 아닐

까요?

(……)

누가 이 단조롭게 흘러가는 대열에

생명을 불어넣어, 운율을 띠고 약동하게 만들겠어요?

누가 개개의 것을 골고루 성스럽게 하여

아름다운 화음을 이루게 하겠어요?

　시인의 힘과 사명을 아름답게 그려 낸 말로서, 문학의 목적과 보람이 그 속에 잘 압축되어 있다. 사실 문학이라는 분명한 이름을 가진 것은 아니지만, 서양의 경우 그와 같은 문헌이 시작된 것은 대략 8세기에서 10세기쯤 일로 간주된다. 그러나 그 목적이 선명해진 것은 셰익스피어에서 괴테에 이르는 17, 8세기로 평가된다. 문학이 현실적인 어떤 특정한 목적을 위해 봉사하는 것이 아니라 '단인의 심금을 울리는', '생명을 불어넣어', '개개의 것을 골고루 성스럽게 하여', '아름다운 화음을 이루게' 하는 것이라는 인식이 이 시기에 성립했다는 것이다. 한마디로

요약해서 문학은 개개인의 인격적 완성을 지향하며, 그 개개인들 사이의 조화와 화음을 만들어 낸다는 것이다. 이러한 기능과 목적은 얼핏 보아 현실적이지 않아 보인다. 그러나 이 비현실성이야말로 가장 현실적인 것이다. 우리는 인격적 완성이 도모되지 않은 개인과 그 개인들이 조화를 이루지 못한 사회 위에서 어떤 정치적 이념도 경제적 부도 올바르게 성취되지 못함을 알고 있다. 이러한 기능을 가리켜 우리는 인문학의 원리라고 할 수 있는데 그것은 모든 학문의 기본을 이룬다.

인문학은 사회 과학이나 자연 과학이 사회 현상이나 자연현상의 원리를 분석하고 연구하는 것과 달리 인간 존재 자체를 살피면서 올바른 인간성을 추구한다. 따라서 이에 속하는 문학은 학문 가운데 학문이라고 할 수 있다. 그렇기 때문에 실제의 현실적 이해관계를 초월한다. 따라서 문학을 공부하면 문학자, 시인, 작가 등의 직업을 자기의 것으로 할 수 있는 일 이외에, 모든 사람들이 기초적인 인간 이해의 수준을 높이면서, 그러한 사람들이 구성하는 사회는 인문학적 원리를 지배 원리로 하는 아름다운 세상으로 나아갈 수 있는 것이다. 그렇기 때문에 문학을 공부한 사람들은 신학, 철학, 역사학, 문화 인류학 등 인근 인문학 분야와 연계한 부문에도 진출하여 좋은 성과를 거두는 일이 많다. 한 사회를 볼 때에도 이러한 체제와 기구가 견고할 때, 문화와 인권이 존중되는 좋은 사회가 될 수 있다. 따라서 문학이 포괄하는 현실 분야는 매우 광범위하다고 할 수 있다.

외국 문학의 경우 그 활용 분야는 더욱 넓다. 무엇보다 외국어가 매개됨으로써 글로벌 시대의 중요한 수단이 확보되는 이점으로 인하여 그 수요가 폭발하고 있기 때문이다. 세계어로 통용되는 영어를 매개로 하는 영문학뿐 아니라, 중국어, 독일어, 불어, 일본어 들의 필요성과 그 수요는 엄청나다. 그러나 여기서 중요하게 인식되어야 할 사항은 영문학, 중문학, 독문학, 불문학 등이 영어나 중국어, 독어, 불어를 단순한 매개체로 하고 있는 특수한 기술이 아니라는 점이다. 단순히 외국어 습득만을 목표로 한다면, 그것은 인문학 분야 아닌, 일종의 훈련으로서 굳이 학문의 영역 안으로 들어올 필요가 없을 것이다. 대학에서의 전공을 살펴보면 대체로 영어 영문학, 중어 중문학, 독어 독문학, 불어 불문학 등으로 되어 있는데, 이 오랜 관습은 사실 의미심장한 내용을 담고 있다. 이 명칭은 예컨대 영어 영문학의 경우, 영어와 영문학이 불가분의 관계에 있다는 선언을 함축한다. 말과 문학은 표리 관계에 있다는 것이다. 그러니까 영어 영문학을 공부한다는 것은, 영어를 통한 영문학에의 도달, 혹은 영문학은 영어로 공부해야 한다는 것을 뜻한다. 문학의 배경 없이 말, 혹은 어학을 공부한다는 것의 불구성에 대한 지적이 거기에 있다. 그러므로 외국 문학을 공부하면, 외국어의 온전한 습득과 동시에 그 외국에 대한 올바른 이해가 함께 주어지는 것이다. 외국에 대한 올바른 이해란 그 외국인의 삶에 대한 이해 이외 다름 아니다. 가령 독일 문학의 공부는 단순한 독일어 습득 아닌 독일인의 삶, 독일 사회의 구조에 대한 공부와 이해가 동시에 그 목적이 되는 것이다. "언어는 사고방식(language is way of thinking)"이라는 말이 있듯이, 외국어를 제대로 구사한다는 것은 통역이나 번역의 기술 아닌 그 나라 문화의 전문가라는 것을 의미하므로, 외국 문학은 바로 이 기능을 담당한다. 그러므로 외국 문학을 통하여 우리는 한편으로 외국어에 능숙한 기술을 가지고 다른 한편 외국과 외국인의 삶, 역사, 전통의 깊은 심층부에 이를 수 있는 것이다. 글로벌 시대의 핵심 분야가 바로 외국 문학이라고 하여도 무방할 정도다.

외국인의 삶을 이해하고, 그 나라의 문화를 익히는 일은, 우리에게 두 가지 방면에서 큰 이익을 준다. 그 하나는 외국 문물의 올바른 수용이라는 직접적인 기능이며, 다른 하나는 외국 문화를 그 본질과 구조 면에서 깊이 이해함으로써 우리 문화를 총체적으로 되돌아보는 반성적인 기능이다. 전공자들의 진로라는 관점에서 보면, 전자에 관심을 가진 사람들은 교사, 외교관, 통역사, 번역자 등이 적절하며, 후자에 관심을 가진 사람들에게는 외국 문학자, 문학 및 문명 비평가 등이 어울리는 분야로 부각된다. 전자의 경우 그 기능이 직접적이므로 효과도 빠르고 영향력도 크다. 예컨대 통역이나 번역을 잘못했다고 생각해 보자. 혹은 학생들에게 틀린 지식을 전했거나, 문화적 배경에 대한 올바른 이해가 결여된 외교관의 교섭 과정과 결과를 생각해 보자. 문화 수출입상이라고 할 수 있는 이들의 역할이 얼마나 중요한 것인지 디루어 짐작하기 어렵지 않을 것이다. 한편, 학자나 비평가의 경우 그 영향력이 직접적이며 단기적이지 않고, 교정 가능한 시간이 있다는 점에서 그 영향력이 덜해 보일 수 있다. 그러나 이들의 연구와 발표가 결정적인 텍스트로 작용할 수 있다는 면에서 그 영향은 보다 본질적일 수 있으며 그 파장 또한 장기적이다. 이런 의미에서 후자의 위치는 문학 내지 인문학의 중심에 놓여 있다. 외국 문학을 통해 우리 문학을 보게 되며, 자연히 구조와 양식의 비교가 반성적으로 이루어지지 않을 수 없는 것이다. 외국 문학, 즉 남을 안다는 것은 자신을 되돌아보는 자성의 행위이며, 그것은 곧 문학의 본질이기 때문이다. 우수한 인재들이 여기에 관심을 가져야 하는 이유이기도 하다.

250년 세월 건너 되살아난 괴테의 호흡

1998년 바이마르에 다녀왔다. 6년 만에 두 번째 방문이었다. 괴테 탄생 250주년을 기념하기 위해 괴테 박물관이 수리되고 있었고, 괴테하우스 역시 부분 개관된 형편이었다. 뿐만 아니라 도시 전체가 대대적인 보수 작업으로 조용한 가운데 큰 변화가 진행되고 있었다. 아말리아 공작 부인 도서관도 시간 별로 학생들에게만 이따금 개방된다고 했다. 따라서 그곳에 처음 간 일행 몇몇은 사진 찍기 이외에는 사실 별 수확을 얻지 못한 모습이었다. 나로서는 6년 전과 다른 새로운 것을 발견할 수 없었다. 그러나 한 가지를 건질 수 있었다. 그것은 괴테의 유명한 시 〈발견(Gefunden)〉을 재발견한 일이었다.

〈발견〉은 괴테하우스 2층에 놓여 있었다. '숲속에서 한 작은 꽃송이를 보았네/꽃을 꺾으려 하자 꽃이 말했지/내가 꺾여서 시들어야 하나요?'로 시작되는 이 시는, 수많은 여성 편력에도 불구하고 단 한 번 결혼했던 괴테가 아내, 즉 크리스티아네 불피우스에게 바치는 시였다.

그러나 이 시는 1992년에는 그 앞에 전시되어 있지 않았다. 당연한 일일 것이다. 그 숱한, 나름의 사연을 지닌 많은 시들 가운데 어느 한 작품만이 그 명예의 자리(그 자리는 괴테하우스 2층 중심이다)를 독점할 수는 없지 않겠는가. 이렇게 해서 나는 서가에 말없이 숨어 있는 괴테를 그의 집에서 직접 만나는 행운을 누릴 수 있었다. 게다가 우리 일행은 그곳 안내원이 직접 낭송하고 친절하게도 해설까지 해주는, 드문 기회를 잡을 수 있었다. 그녀의 자랑스러워하는 목소리 속에서 나는 뜻밖에도 괴테의 육성을 느낄 수 있었다. 250년 이쪽의 한 여인의 순박한 음성 속에서 살아나는 저 정열과 정력의 사내 괴테의 급박하면서도 낭랑한 호흡!

시의 전시를 본다는 것은 이런 행운의 순례를 한다는 뜻이리라. 어디 비단 시뿐이랴. 모든 문학 작품집, 소설집, 희곡집 등을 기웃거릴 때 우리는 무엇을 보고 어디로 들어가는가. 그 희미하게 낡아 간 종이들 사이사이에서 떨어지는 엷은 먼지들, 활자들, 때로 짐짓 잘난 체하는 제스처 속에 숨어 있는 작가들

의 저 어색한 수줍음, 대체 그것들이 주욱 진열되어 있는 모습
속에서 우리는 무엇을 얻을 수 있다는 것인가. 그것은 아마도
그 윤곽조차 뚜렷하지 않은, 삶의 저 황당한 심연뿐일지도 모
른다. 그러나 우리는 모두 지나가 버린 그 아득한 시간 속에서
지금도 거듭되는 삶의 진실을 만난다.

세계화 시대의 지방 문학

독일 중부 바이마르라는 도시는 인구 5만도 안 되는 작은 도시다. 그러나 이곳에 힐튼 호텔이 있다. 대도시에나 있음직한 호텔이 있는 이유인즉 간단하다. 여행객들이 그만큼 많기 때문이다. 이곳이 원래 동독 땅이었던 까닭에 힐튼이 들어선 것은 통일 이후, 그러니까 불과 얼마 전의 일이다. 이 작은 드시에 이처럼 사람이 많이 몰리는 이유는, 여기에 저 유명한 괴테의 박물관이 있기 때문이다. 괴테는 18세기 후반 이 도시를 중심으로 형성되었던 바이마르 공화국의 재상을 지내면서 이곳에서 많은 작품을 쓴 바 있기에, 바이마르 문학 박물관의 의미는 그 규모와 더불어 독일 문학에서 차지하는 비중이 대단하다. 그 비중은 비단 독일 문학뿐 아니라 독일 문학 전반에 걸친 것이기에, 날이 갈수록 이 작은 도시가 문학 애호가들뿐만 아니라 수많은 일반 관광객을 끌어 모으고 있는 것으로 생각된다.

문학은 좋은 문학이면 그것으로 충분할 뿐, 문학이라는 말 앞에 원래 그 어떤 에피세트도 허락하지 않는다. 민족 문학이다, 민중 문학이다 하는 가치 개념이 때로는 따라다니기도 하고, 세계 문학이니 지방 문학이니 하는 지역 개념이 그 앞에 오는 경우도 없지 않다. 그러나 어떤 경우라 하더라도 문학에서의 에피세트는 문학 자체의 본질과는 근본적으로 무관한 것이다. 문학은 그것이 어느 곳에서 어떤 언어에 의해 쓰이든지 인간을 인간답게 하는 일이어야 하며, 그것을 막는 일체의 힘과 싸우는 일이 되어야 한다. 그 싸움의 대상은 인간 내면에 있을 수도 있고, 외부 사회의 제도나 이념에 있을 수도 있다. 그러므로 문학은 총체적 인간학이며, 진리를 지향하는 보편타당성을 생명으로 한다. 이런 시각을 지켜 나갈 때, 세계 문학이라든가 지방 문학이라든가 하는 용어의 쓰임새를 바라보는 정당한 안목이 성립될 수 있다.

세계 문학과 지방 문학은 그것이 지역적 분류라는 점에서 공통성을 갖는다. 그러나 문학 본질상 어떤 관형어를 허락지 않는 원리와는 달리, 이 용어들은 때에 따라서 가치 개념으로 원용되는 경우가 있다는 점에 우선 주목할 필요가 있다. 가령 앞서 예거한 괴테의 경우, 독일 문학은 그로부터 자신의 민족 문학이 지방 문학의 빛깔을 벗고 세계 문학의 범주에 들어섰다고 평가한다. 이러한 평가는 독일 문학 내부에서 뿐 아니라, 그 밖에서도 객관적인 타당성을 얻고 있다. 그렇다면 이때 지방 문학이란 무엇이며, 또 세계 문학이란 무엇일까? 세계화 시대 속에서 지방 문학의 지향할 바에 대해 논의한다면, 반드시 이 점이 밝혀져야 한다. 결론부터 허락된다면, 이때 세계 문학이란 보편타당성을 지닌 문학을 의미하며, 이와 달리 지방 문학이란 지방 문화, 혹은 국부 문화(local culture)로서의 문학을 지칭하는 것이라고 할 수 있다. 세계 문학이란 물론 독일 문학, 중국 문학, 한국 문학 등 구체적 실체를 지닌 민족 문학 혹은 국민 문학과 달리 실체가 없는 관념이다. 그런 의미에서 그것은 어떤 수준이나 가치의 이름일 수밖에 없는데, 거기에는 중국이나 독일, 그리고 한국 등 모든 민족이나 국가의 문학이 모두 포괄되는, 즉 공간을 뛰어넘는 보편성이 개념 형성의 중심이 된다. 즉, 이 나라에서나 저 나라에서나 두루두루 감동을 획득할 수 있는 초공간적 가치를 지닌 문학, 이것이 세계 문학의 내포인 것이다. 독일 문학은 괴테가 보여 준 일련의 창작 작업, 가령 《빌헬름 마이스터》 같은 소설이나 《파우스트》 같은 드라마를 통해서 비로소 독일이라는 특정한 지역의 울타리를 뛰

어넘어 전 세계인이 공감하고 감동할 수 있는 보편성을 얻게
되었다는 인식이다. 사실 그 이전까지, 말하자면 18세기 초까
지의 독일 문학은 여러 가지 면에서 그 같은 수준에 이르지 못
하고, 자기네들끼리의 정서를 교환하는 이른바 지방 문학의
범주에 머무르고 있었다는 평가가 지배적이었다.

지방 문학이 그 지방을 벗어날 수는 없다. 민족 문학이나 국
민 문학이 그 민족이나 국민을 벗어날 수 없듯이, 지방이라는
구체적 공간은 언제나 그곳에 그렇게 실재한다. 그곳에 머무르
는 작가 역시 그 장소와 실존적으로 얽매여 있다. 그러나 그 작
가가 쓰는 글이 반드시 그 공간에 구속되는 것은 아니다. 물론
그가 그곳에 살고 있기 때문에 구체적인 그의 경험과 감각이
그 공간과 결부되어 있는 것은 사실이고, 또한 그 현실로부터
소재가 산출되는 것도 사실이지만, 만들어진 문학 작품이 구현
하는 문학적 가치는 경험적 공간을 벗어나 세계의 모든 공간
속으로 자유롭게 날아다닌다. 만일 이러한 인식이 우리에게 결
핍되어 있다면, 이러한 인식의 지평으로 이제 나아가야 한다.
그런 의미에서 지방 문학이 경험과 소재의 범주를 지칭한다면,
세계 문학은 가치와 수준의 범주를 형성하는 개념이라고 할 수
있을 것이다. 이제 우리의 지방 문학은 우리 지방에 발을 굳게
딛고, 보이지 않는 세계의 저 높은 곳을 보아야 할 것이다.

문학, 욕망의 심연으로 빠지다

1990년대 한국 문학은, 유럽을 휩쓴 19세기 말의 극대화된 인간 욕망의 소용돌이를 다각적으로 확대·재현하고 있는 또 다른 세기말적 징후에 의해 특징지어지고 있다. 19세기 말 유럽의 문학은 자연 과학주의가 그 우상이었다. 오랫동안 유럽의 정신을 형성해 온 신성과 그 아우라, 형이상학과 이상주의에 대한 존중은 진화론 이후 팽배한 실증주의로 대체되면서 인간에 대한 이해도 생물학의 범주를 유일한 통로로 삼게 된 것이다. 이 시점 이후 인간은 경제적·정치적·성적 욕망의 대상으로 자기 스스로를 객관화하면서 그 과정을 예술과 미학이라는 이름으로 즐기게 된다. 이른바 모더니즘이라는 사조는 이렇게 해석되어도 별 저항할 근거가 없을 것이다. 그것이 인간 개성의 존중을 이데올로기의 한 축으로 삼는 자본주의를 울타리로 하고 있다는 점이 첨가될 때 모더니즘은 거의 완전히 설명된다. 여기서 우리는 휴머니즘-인간화의 길이 걸어온 우울한 승리와 만나게 된다. 신의 억압에서 벗어나 인간성을 쟁취하고 그 신장을 위해 달려오긴 했으나 그 인간성의 내면이란 무엇이었는가. 욕망의 검은 심연 이외 다름 아니었다는 사실에 문학은 전율하지 않을 수 없었다. 그러나 문학은 과연 그 심연의 극복을 위해 얼마나 힘을 기울였는가. 사실 20세기 문학은 이 문제에 대한 해답은커녕 진지한 질문조차 제대로 하지 못해 왔다는 것이 나의 생각이다.

모더니즘은 이즈음 포스트모더니즘을 만나 그 수명의 연장을 꾀하고 있다. 포스트모더니즘이 모더니즘의 극복이라는 견해도 없지 않으나, 그것이 신성 회복과 같은 보다 넓은 차원의 갱생이 아닌 한, 모더니즘이라는 찻잔 속에서의 한 회오리바람쯤으로 보는 편이 타당할 것이다. 요컨대 포스트모더니즘은, 인간 욕망에 대한 반항적 절규로 시작한 표현주의가 인간 욕망을 극대화하는 데 기여하면서 마침내 신표현주의라는 태풍의 눈을 좇아 달려가듯, 결과적으로 모더니즘의 발전에 보탬이 되고 있는 것이다. 오늘의 한국 문학은 포스트모더니즘이 살아 있는 현장으로서의 구실을 톡톡히 하고 있는 것으로 보인다.

한 문학 잡지는 최근호에서 한국 문학의 이러한 세기말적 현실을 '악마주의, 세기말의 미학적 호출'이라는 말로 부르고 있다. 이 현실이 과연 미학적 현실인지 어떤지는 논의의 여지가 있겠으나, 악마주의라는 표현에는 반론의 여지가 없을 것 같다. 19세기 말, 세기말을 도발하고 20세기 말 그의 낯모르는 후예들(푸코, 데리다 등)을 다시 불러 모은 저 지긋지긋한 니체 선생은 그 스스로 악마임을 얼마나 자랑스럽게 뽐내었던가.

20세기 말, 1990년대의 한국 문학은 섹스와 죽음을 화두로 삼으면서 화상(畵像)으로 돌진해 왔으며 지금도 별생각 없이 그것을 즐기고 있는 것으로 생각된다. 섹스는 더 이상 생명과의 경건한 끈을 끊어 버리고 쾌락-죽음으로 질주하면서 《처형극장》(강정)을 연출한다. 그런가 하면 장정일이 갖고 싶어 했던 뭉크의 그림과 타이프라이터는 그 둘이 합쳐져서 컴퓨터 화면이 되어 컴퓨터 게임과 인터넷 놀이를 제공해 주고 있다. 한 신인 소설가의 제목처럼 그것은 〈화면 속으로의 짧은 여행〉(최대환)이다. 과연 얼마나 '짧은' 여행이 될지, 나로서는 그 시간이 그리 길지 않기를 바랄 따름이다.

종교는 문학의 적?

문학과 종교는 일반적으로 서로 마주 보는 자리에 있는 것으로 이해된다. 이러한 이해가 반드시 틀린 것은 아니지만, 역시 피상적인 수준의 관찰이라고 하지 않을 수 없다. 그러나 단 하나의 진리만이 주어지고, 그렇기 때문에 환원론적으로 그 진리가 삶에 적용되기를 요구하는 기독교를 문학과 관련지을 경우, 역시 양자는 대립적인 자리를 벗어나기 힘들다고 보는 것이 정당하다. 따라서 양자가 결합된 기독교 문학의 성격과 본질, 그 위치를 논의할 때, 이것은 결국 양자의 관계에 대한 해석의 문제가 된다. 말하자면 양자의 본질적인 속성과 운명은 어떠한 해석에도 불구하고 제자리로부터 이탈될 수 없다고 보는 편이 아마도 마땅하리라 판단된다.

기독교는 근본적으로 하나님의 말씀, 그리고 그 말씀을 순종하는 영역이며, 이와 달리 문학은 인간이 제 목소리를 높이는 독자적인 장의 세계다. 기독교의 입장에서 볼 때, 문학이 표방하는 이러한 성격은 불순종의 세계로서, 용납되지 않는다. 그러나 하나님의 역사가 인간을 통해서 이루어진다는 점, 무엇보다 인간을 위해서 존재한다는 점(이 점은 죄를 거듭하는 인간을 위해 독생자 예수를 이 땅에 보내 주신 그의 사랑을 보아도 알 수 있지 않은가!)을 상기할 때, 비록 죄인인 인간의 목소리가 제멋대로 역설되고 있는 문학이라 하더라도 가볍게 간과될 수 없다는 정당성이 인정된다. 자, 하나님의 목소리인 기독교의 진리와 그 하나님이 지극히 사랑하시는 인간의 목소리인 문학이 정녕 만날 자리는 없는가. 형식적인 논리를 따라간다면, 인간의 소리인 문학이 하나님의 진리 말씀에 부합하는 길을 찾으면 될 것이다.

그러나 예수를 믿음으로써 이미 구원의 반열에 든, 말하자면 근본적인 신분이 달라진 기독교인이라고 하더라도, 실존적인 조건에는 변화가 없을 뿐 아니라, 여전히 믿음 이전과 마찬가지의 육체적·물질적 삶을 계속 영위하고 있다는 현실에 문제가 있다. 다시 말해 인간의 목소리인 문학이 하나님의 진리에 즉각적·단선적 순종을 지속할 수 없다는, 부인할 수 없는 사실을 어찌할 것인가. 그렇게 될 때 그것은 인간의 감동을 끌어내야 할 문학의 본질과도 어긋나는, 자칫하면 피상적 선교 연설의 범주 안에 머무르게 된다. 하나님의 오묘한 섭리를 깊이 있게 간직하고 있으면서도 문학의 전통적 가치를 지킬 수 있는 위대한 문학의 탄생이 여기에서 기대된다. 우리의 기독교 문학은 이 수준에 도달하지 못했다는 것이 나의 판단이다. 문학 앞에 기독교라는 에피세트를 붙이기에 성급한 나머지, 성경 말씀을 피상적으로 옮겨 오기에 급급함으로써 선교도, 문학도 아울러 획득하지 못한 것이다. 그 결과 많은 문학인들과 문학 독자들로부터 오히려 문학과 기독교는 멀리 떨어져 있을수록 좋다는 관념의 고착화가 부지불식간에 심화된 감이 있다.

그렇다면 기독교적 진리가 내재된 깊이 있는 문학은 과연 어떻게 가능할 것인가. 이와 관련하여 다음 두 가지 문제를 제기하고 싶다. 첫째는 기독교 정신의 폭넓은 이해의 바탕 위에서 문학이 문학으로서의 품격과 가치를 높여야 한다는 점이다. 이에 대해서는 무엇보다 성경을 포함한 기독교 정신에 대한 연구와 이해가 깊어지고 넓어져야 한다. 아울러 인접 학문과 문화에 대한 폭넓은 이해도 동반되어야 한다. 기독교 문화를 핵심으로 하는 헤브라이즘은 물론, 이와 맞서는 자리에 있었던 헬레니즘 문화, 그리고 로마 문화와 유럽 문화 전반에 대한 역사적 이해가 반드시 함께 이루어져야 한다. 예컨대 기독교 정신을 직접적으로 표방하지 않으면서도 그 토착화를 끊임없이 검증하고 시도해 온 괴테의 문학을 기독교와 분리해서 살펴볼 수 없다는 사실을 겸손하게 되돌아볼 필요가 있다. 이렇게 볼 때 심지어는 기독교와 정면으로 맞서 씨름했던 니체의 문학까지도 이에 포함시켜 주목하고 비판하는 큰 안목을 지녀야 한다. 둘째로는 기독교가 신중심주의라는 점에 유의하여 이에 반대되는 일체의 신비주의에 대한 비판을 문학의 지향 점으로 삼는 자세가 요구된다. 이와 관련하여 헬레니즘 내지 각국의 자생적 신비주의와의 싸움을 통해 기독교 정신을 문학의 바탕으로 삼아 간 유럽 문학과 작가들을 세심하게 연구해 볼 만하다. 우리의 경우 샤머니즘과의 싸움은 기독교 정신의 내재화라는 관점에서나 문학의 올바른 방향을 위해서나 꾸준하게 추진되어야할 과제라고 할 수 있다. 인간과 하나님과의 올바른 교통을 저해하는 문화의 잡초들에 대한 비판이 끊임없이 행해질 때 그 모든 것이 기독교 문학의 소리 없는, 그러나 궁극적인 승리와 연결되는 창작의 현장이 될 것이다.

사랑의 냄새가 나는 시

마종기는 나의 선배다. 나보다 나이도 많고, 문단에도 훨씬 일찍 나왔으며, 게다가 고등학교 선배이기까지 하다. 그러나 이런 모든 것들보다 나를 꼼짝 못하게 하는 진짜, 진짜 선배로서의 위력이 그에게 있다. 글쎄, 이런 것을 인격이라고 하는 것일까. 좀처럼 사람을 존경하지 못하는 내게 (사람은 사랑의 대상이지, 존경의 대상일 수 없다는 성경 말씀을 나는 지금까지의 인생 경험에서 진리로 확인하면서 살아가는 중이다) 그는 거의 유일하게 존경하는 인물이라고 말하고 싶다. 내가 겪어 온 한, 마종기처럼 사람을 사랑하는 사람을 나는 너무 드물게 알고 있기 때문이다. 내가 사람을 사랑할 줄 모른다면, 사랑할 줄 아는 사람을 존경이라도 해야 할 게 아닌가. 그는 사랑의 인간, 더욱이 사랑의 시인이다.

나는 문학을 인간에 대한 사랑이라고 이해하고 있다. 많은 문학인들이 그렇게 생각한다. 그러나 실제로 적잖은 시인, 작가들은 스스로의 상처와 고통에 신음 소리를 낼 뿐, 이웃과 타인, 이른바 보편적인 사랑에는 무심하기 일쑤다. 그렇기는커녕 타인의 아픔을 누르고, 자신만의 영예를 만들어 내는 일에 교묘하게 골몰하는 자들이 바로 문인들이 아닌가, 섬뜩해질 때도 있다. 이런 아득한 현실에 대해 나는 몇 년 전 《사랑과 권력》이라는 책을 통해 두려움을 나타낸 바 있다. 이 책이 나온 지 2, 3년 지났을 때 아니나 다를까 소장파 평론가들을 중심으로 때 아닌 문학 권력 논쟁이 벌어지지 않았는가. 문학의 본질인 사랑의 결여가 모든 사태의 원인이었다.

40여 년의 시작(詩作) 생활을 통해 그 사랑의 모습과 기도를 낮은 목소리로, 그러나 쉼 없이 노래해 온 마종기는 뜻밖에도 우리 곁에 없었던 시인이다. 그가 시를 쓰던 땅은 먼 미국이었으며, 그의 생업도 글과 관계없는 의사의 일이었다. 그러나 그는 이 땅에서 허구한 날 원고지를 긁적이던 그 어떤 시인들보다 훨씬 살아 있는 음성과 얼굴로 우리의 가슴과 언어를 지켜 왔다. 대체 이 놀라운 현상을 무엇으로 설명할 것인가. 모국 아닌 파리에 살면서도 모국어인 독일어의 시적 능력을 높이고 그

영역을 확장해 왔던 파울 첼란의 경우보다도 내게는 마종기가
더욱 감동적이다. 최근 간행된 《새들의 꿈에서는 나무 냄새가
난다》를 가득 채우고 있는, 그 싱싱하면서도 아련한 우리말의
향기는 대체 어디서 오는 것일까. 정말이지 마종기의 시에서는
사랑의 냄새가 난다.

>   가령 꽃 속에 들어가면
>   따뜻하다
>   수술과 암술이
>   바람이나 손길을 핑계 삼아
>   은근히 몸을 기대며
>   살고 있는 곳
>   ―〈축제의 꽃〉에서

　그 흔한 꽃의 이미지, 아주 쉬운 평범한 시어의 진행에도 불구
하고 이 시에는 그만의 독특한 분위기가 숨 쉰다. 꽃을 바라보되
겉의 외관 아닌, 속의 따뜻함으로 느끼는 그의 꽃 관찰은, 외관
지상주의가 문학으로도 강하게 스며드는 오늘의 현실에서 반드
시 경청되어야 할 목소리다. 사실 이러한 사랑은 그의 8권의 시
집들에 일관되어 나타나는 메시지이다. 시에는 의미가 없다는

주장이 있으나, 그것은 어떤 이념적 주장의 범주에 관한 것이다. 시적 메시지야말로 우리의 영혼을 울리는 신의 음성과도 같은 것이다. 그 음성은 미세하지만 강렬하다. 마종기 시의 평자들 가운데에는 그가 오랫동안 외국에 살면서 고국을 그리워하고 있다는 사실에 머물러, 그를 유랑민 의식이나 향수의 모티프와 관련하여 분석하는 경우가 있다. 어찌 그 같은 정서가 시인에게 없겠는가. 그러나 보다 중요한 점은, 그것을 훨씬 뛰어넘는 사랑이 이 시인의 기본 모티프를 이루고 있다는 사실이다.

타인을 배려하고 감싸 안는, 그의 모든 허물까지도 연민으로 바라보고 받아들이는 시인의 성정(性情)은, 시인이 가야 할 지고의 덕목으로서 모든 문인들이 배워 좋으리라. 한국 문학은 그가 있기에 행복하고, 한국 시는 그와 더불어 경건해진다. 마종기, 그는 내게 진정 위대한 사랑의 선배이다.

도전 앞에 선 글쓰기

《새로운 글쓰기와 문학의 진정성》(김병익), 이 비평집에 화두가 있다면, 당혹 혹은 곤혹이라는 말일 것 같다. 저자는 책머리에서부터 한 편, 한 편의 평문에 이르기까지 이 낱말들을 간단없이 반복하고 있는데, 그 복잡한 심리 상태는 저자의 성실성 내지 염결성이 가져온 불가피한 결과라는 생각이 우선 나를 사로잡는다. 그럴 것이 저자는 문학이 현실과의 대면에서 얻어들이는 자의식의 온전한 반영이라는 생각을 처음부터 견지해 왔는데, 지금 그 현실은 너무나도 빨리 변하면서 새로운, 많은 도전 메커니즘들을 곳곳에 설치하고 있기 때문이다. 여기에 성실히 응전한다는 것은 당혹감이나 곤혹감 없이 거의 불가능한 일에 가깝다. 그러나 그는 이 현실을 외면하거나 생략하지 않고, 또 자기 식으로 왜곡시키지도 않은 채 올바로 바라보려고 노력한다. 저자가 성실한 비평가로 지목되면서 자의식을 실증적으로 추적하는 일에 뛰어난 역량을 보여 왔다면, 이 책은 그 결정판이라고 해도 틀린 말이 아닐 것이다. 그런 의미에서 나는 그를 실증적 실존주의자라고 부르는 것이 어떨까 하는 생각도 해본다.

과연 저자는 이 책의 절반 정도에 해당하는 분량에서 컴퓨터와 비디오, 오빠 부대와 신세대로 일컬어지는 새로운 현실 속으로 진지하게 걸어 들어간다. 그 보행은 때로는 놀라움과 두려움을 동반하기도 하고, 회심의 미소를 짓게 하기도 한다. 그러나 궁극적으로 그가 궁금해하는 것은, 이러한 새 현실이 문학의 생산 양식과 소비 형태에 어떤 영향을 미칠 것인가 하는 문제이며, 문학의 전통과 제도는 어떤 변화를 감수해야 하는가 하는 문제이다. 이러한 문제들은 사실 새로운 현실과 더불어 문학을 시작하는 사람들에게는 당연한 것으로 여겨져 왔기에, 그리고 재래의 관습과 제도 속에 있는 사람들에게는 다만 낯선 것으로만 생각되었기에, 진지한 통화와 성실한 검토가 거의 결여되어 있었던 영역이다. 비록 어떤 부분에서 불안감을 감추지 못하더라도, 저자는 여기서 새로운 현실에 대해 마음을 열고, 근본적으로 문학의 새로운 개념을 수용하겠다는 의사를 밝히고 있는데, 문학 비평의 끊임없는 자기 갱신을 보여 주는, 넉넉한 자세라고 할 수 있다.

오늘의 한국 현실은 그 변화에 있어서 커다란 문학적 성찰을 요구하는 시점에 와 있다. 단순한 정치적 분석이나 사회 과학의 피상적 진단만으로는 그 심연과 높이가 한 손으로 아우를 수 없는 엄청난 것이리라. 저자도 이 책 곳곳에서 언급한 노동의 문제, 섹스 문제 등은 재래의 시각을 교정할 것을 주문한다. 아마도 세기말의 묵시록적 접근과 이를 바탕으로 한 초월성의 지혜와 지식이 언젠가는 필요할지도 모른다. 이 책은 아직 지상의 논리로서 문학의 내밀한 구조와 질서에 머물러 있으나, 이에 대한 침착한 진술만으로도 묵시록적 세계관의 도래를 불가피하게 암시하고 있는 것으로 내게는 생각된다. 다른 어디에 문학의 구원이 있을 것인가. 세대교체, 국제화, 지성의 역동성 등에 깊은 관심을 나타내고 있는 저자가 다음 단계에 도달할 곳을 짐작케 하는, 1990년대 비평의 한 결산으로서의 의미를 갖게 하는 평론집이다.

서평의 성격

글 쓰는 일, 그것도 남의 글에 대한 비평을 업으로 하는 평론가의 경우, 서평은 익숙한 업무의 하나이다. 나 역시 지금까지 아마 적잖은 서평을 써오지 않았나 생각한다. 어떻게 보면 평론이라는 분야 자체가 바로 서평 작업이라고 해도 별로 틀린 말이 아닐 것이다. 소설이며 시는 결국 소설집과 시집이라는 책으로 존재하므로, 문학 비평은 곧 서평 아니겠는가. 이렇듯 전문적인 서평자의 한 사람으로서, 이제 우리나라에서도 꽤 정착되어 가고 있는 서평 문화를 바라보는 약간의 감회가 없지 않다.

서평이란, 다시 반복해 본다면, 평론이다. 그렇다면 평론이란 대체 무엇인가. 문학 평론에 본격적인 담론의 자리를 할애한다면, 무엇보다 '평가'라는 관점에 주목해 볼 필요가 있다. '평'이란 대체로 '평가'와 연결되는 개념이기 때문이다. 그런데 이즈음 이 '평가'라는 낱말이 그 뜻에 대한 진지한 고려 없이 난무하고 있다. 경제가 어려워지면서 곳곳에서 불고 있는 이른바 구조 조정의 바람은, 거의 모든 분야에서 이 평가 바람을 몰고 오고 있다. 기업 평가, 금융 기관 평가, 대학 평가…… 매일같이 누구에 의한 무슨 평가가 이루어지고 있다. 한 직장 안에서도 상사에 의한 부하 평가, 부하에 의한 상사 평가 등 서로서로 평가하지 않는 기관, 평가받지 않는 사람이 없을 정도다. 마침내 학생에 의한 선생 평가까지 나오는 세상이 되었다. 과연 평가란 무엇이며 그 과정과 결과는 믿을 만한 것인가. 평가의 손길을 멈추고 그 의미를 되짚어 보는 일도 이제 필요하게 되었다.

평가란 어떤 특정한 평가 주체에 의해 어떤 특정한 대상이 그 모습을 드러내게 되는 일체의 행위이다. 그 모습은, 작게는 그 대상의 특정한 부분, 예컨대 전공과 관련된 능력이나 성과와 관련된 것일 수 있고, 크게는 그 대상의 전면적, 총체적 본질일 수 있다. 가령 그 대상이 사람이라면 전인격에 관한 것일 수 있다. 특정한 대상이라고 했으나 사실 모든 사물이나 현상은 인간에 의해 이름 붙여진 것들이며, 인간적 관점에서 그 자리가 정해진 것들이므로 결국 모든 대상들은 인간이라고 할 수 있다. 평가란 이렇듯 인간에 대한 평가일 수밖에 없는데, 문제는 평가의 주체 역시 인간이라는 사실에 있다. 이 같은 관계에 대한 근원적 성찰은 법과 국가와 같은 규범과 제도의 문제로 환원될 수 있으며 이데올로기 문제와도 연결될 수 있을 것이다. 인간이 인간을 구속하고 비판할 수 있느냐 하는 본질 문제와 연관되기 때문이다. 엄밀히 말한다면, 인간에 의한 인간 평가는 허구이기 때문이다.

구약 성경에 요하스라는 왕이 나온다. 그는 여호야다라는 인물의 도움을 받아 쇠약한 왕실의 기반을 세우고, 또 선정을 베풀어서 40년간 유다 왕국을 잘 통치하였다. 물론 전국 각지에서 칭송이 잇달았고, 그 평가가 후세에 빛나리라고 여겨졌다. 그러나 여호야다가 죽은 후에 악행을 일삼다가 마침내 심복들에 의해 비극적인 최후를 맞으며, 그는 결국 나쁜 왕으로 기록된다. 이 같은 사례는 역사에서 얼마든지 만나게 되며, 우리 주변에서도 어렵잖게 볼 수 있다. 즉, 좋은 사람과 그렇지 않은 사람, 유능한 사람과 무능한 사람은 장기적·종합적으로 평가되어야 한다는 교훈이다. 극단적으로 말한다면, 인간에 대한 평가가 사실은 불가능에 가깝다는 이야기이다.

그럼에도 불구하고 지금 이 시간에도 평가가 곳곳에서 이루어지고 있다. 서평은 그중에서도 가장 세련된 형태의, 말하자면 문화적 평가이다. 서평은 그 대상이 되는 책의 저자에 대한 평가이며, 그가 이룩한 문화적 업적에 대한 평가이다. 그러므로 그 평가는 전문적이며 구체적이다. 따라서 서평에 있어서 가장 중요한 전제는 서평자의 선정이다. 서평자는 책의 저자 못지않은 전문가여야 한다. 그러나 전문성만으로 서평자의 조건이 충족되는 것은 아니다. 전문성·구체성 못지않은, 어떻게 보면 보다 중요한 자격이 있는데, 그것이 바로 내가 지금 말하고자 하는 사랑, 인간에 대한 따뜻한 사랑이다.

비평이나 평가가 마치 재판처럼 생각되었던 시기가 있었다. 중세 문학에서부터 17세기까지가 이에 해당하는 시기였다고 할까. 이 당시 비평가는 마치 자신이 신이라도 된 듯, 혹은 신의 위탁을 받은 자라도 된 듯 비평을 일삼았다. 자신도 인간의 신분이라는 사실은 철저히 가렸다. 그러다 보니 비평이니 평가니 하는 낱말들은 위험이라는 뜻과 동의어가 되었고, 사랑과 같은 부드러운 이미지는 애당초 어울리지 않는 세계였다. 이러한 상황은 근대 문학과 시민 사회의 발달 이후 차츰 변화되어 왔으나, 뜻밖에도 아직 그런 생각이 남아 있는 경우가 눈에 띈다. 특히 우리 사회, 우리 문화계에서 심심찮게 발견되는데, 이역시 아직 현대 사회와 문화가 덜 개화된 탓일까. 21세기의 문턱에서 문득 낯선 감마저 느끼게 된다.

평론/서평이 할 일은 무엇보다도 그 대상이 된 책의 질서에 겸손히 따라가는 일이다. 모든 책은 그 나름의 구조와 질서를 갖고 있으며, 그런 한에 있어서 하나의 독자적 세계라고 할 수 있다. 그 세계는 그 세계를 만든 사람-저자에 의해 오랫동안 구상되고 집필되어 왔으므로 당연히 살아 숨 쉬는 생명의 현장으로 이해되어야 할 것이다. 세밀히 살펴 완독(完讀)하는 일이야말로 책의 질서에 동반하는 최소한의 임무이며 예의이다. 그 다음에 요구되는 것은 그 질서와 구조에 이름을 붙여 끌어내어 독자들 앞에 소개하는 일이다. 이 소개와 안내는 가급적 객관적인 것이 좋다. 왜냐하면 서평자의 주관적 개입은 그 내용을 훼손하여 소개 자체를 불완전하게 하고 그르칠 우려가 없지 않기 때문이다. 내용을 요령 있게 요약하는 능력은 서평자의 훌륭한 조건이다. 그 능력은 책의 내용과 질서에 대한 깊은 이해로부터 나온다. 서평자의 조심스러운 의견과 판단은 그다음에 따라오는 작은 부분일 것이다.

여기서 가장 중요한 사랑의 문제가 대두된다. 사랑은 바로 이해의 바탕을 이루는, 말하자면 대상-상대방에 대한 이해의 밭이다. 책은, 그것을 쓴 인간에 대한 사랑의 밭이다. 책은, 그것을 쓴 인간에 대한 사랑이 없이는 깊이 있게 이해되지 않는다. 그렇다면 그 사랑은 무엇인가. 독일의 철학자이자 평론가인 딜타이(W. Dilthey)는 그것을 가리켜 '간주관성'(間主觀性)이라는 말로 풀이한다. 상대방을 대상이나 객체로만 바라보지 말고 한 사람의 독립된 주체로 받아들이라는 생각이다. 나와 똑같은, 또 다른 나라고 생각할 때 이해의 심연은 깊어진다는 뜻이다. 객체는 객체로 있으면서 주관성과 객관성이 동시에 획득된다는 것인데, 다소 사변적인 논리이기는 하지만 사랑의 구체화라는 측면에서 충분히 공감이 가는 이론이기도 하다. 결국 서평은 서평자에 의해서 변화되고 보완되는 또 하나의 창작이라고도 할 수 있다. 한 작품은 비평에 의해서 완성되고, 그것은 다시 독자에 의해 또 완성된다는 이른바 수용미학(受容美學)의 논거도 이와 맥을 같이한다고 하겠다. 요컨대 서평자는 판관이 아니며, 책을 통해 오히려 자신의 이해력을 높여 가는 학생이라고 하는 편이 더 어울리는, 그 어떤 사람에 대한 이름이리라.

그러나 책에 대한 이해를 기반으로 하는 이러한 사랑의 행위는 종종 뜻하지 않은 오해에 부딪치기도 한다. 정당한 비판 없이 책 광고나 하고 있다는 질책이 그것이다. 여기에는 분명히 구분되어야 할 구획선이 있다. 그것은, 지금까지 거듭 강조되어 온 이해의 개념이다. 올바른 서평에는 바로 이 이해가 있으나 광고성 서평에는 그것이 없다. 이해는 책 속으로 깊숙이 들어가지만, 광고는 들어가지 않은 채, 겉돌면서 그 책을 포장하기에만 급급하다. 이해에 의해 설명된 책은 무심한 독자를 새롭게 도전시키지만, 광고에 의해 선전된 책은 독자를 의아하게 하고 혼란시킨다. 요컨대 이해가 충만한 서평 속에는 사람이 살고 있지만, 그것이 생략된 선전성 서평 속에는 사람이 없다. 책이 근본적으로 사람이라면, 서평은 사람과 사람을 만나게 해 주는 따뜻한 중매인이어야 한다.

아동 문학에도 이론이 있다

아동 문학은 우리에게 친숙하면서 낯설다. 어디에나 어린이는 있고 어디에나 책과 글이 있듯이 우리 어린이들은 풍성한 아동 문학 도서들을 어디서건 접할 수 있다. 그럼에도 이상한 것은, 그 아동 문학이 과연 어떤 것인지 소상하게 그 본질을 밝혀 주는 책이 별로 없다는 점이다. 아동 문학은 아동들만 읽는 책이라 어차피 성인들이 읽을 이론서는 필요 없다는 것인가. 니콜라예바의 놀라운 이론서 《용의 아이들》은 결코 아동 문학이 어린이 공간 속에만 존재하지 않음을 분명히 보여 준다.

이 책에서 처음으로(저자는 최근 10년 사이에 서서히 이루어져 왔다고 말하고 있으나) 확인된 사실은, 아동 문학도 엄연히 문학이라는 것이다. 사실상 지금까지 아동 문학은 교육의 일부로 인식되어 온 면이 강하고, 그런 만큼 그 내용도 교육적인 것이었으며, 또 교육적이기만 하면 문학적인 결함은 용납될 수 있다는 수상한 당위성까지 지니고 있었다. 그러나 이제는 아동 문학이 교육의 차원에서가 아니라 문학의 차원에서 정당한 자리 매김을 해야 할 때이다.

저자는 기호학의 모델을 사용하여 아동 문학 작품의 일반적 경향과 문제에 초점을 맞춘다. 전래 동화를 위시한 아이들 책은 왜 그렇게 비슷한 구조를 가지고 있을까. 결말이 뻔한 사건, 전형적인 인물, 판에 박힌 듯한 서술 방식. 이런 요소들은 아동 문학을 열등한 것으로 간주하게 만드는 원인이 되기도 한다. 그러나 기호학적 관점에서 보면 그것은 '규범적 텍스트'의 특성이다. 고도로 정교한 법칙에 의해 세워지는 규범적 텍스트는, 독자가 자기 안에 있는 정보를 자가 증폭시키도록 자극한다. 즉, 아동 문학의 독자는 텍스트를 훨씬 더 능동적으로 재구성한다는 것이다. 주어지는 정보만을 단선적, 일회적으로 따라가는 성인 문학 독자에 비해 훨씬 창조적인 독서 행위이다. 이 점에서 아동 문학은 독자 수용 이론의 일선 현장에 자리 잡을 수 있다.

그러나 그 규범적 텍스트의 법칙은 고정적인 것이 아니다. 그것은 중앙과 변경, 문화와 비문화 사이의 작용과 반작용을 통해 끊임없이 변화한다. 현대 아동 문학은 전통적인 서사 구조를 벗어나 보다 복잡해지고 정교해지는 경향을 보인다. 바흐친 식으로 말하자면 '다성적'인 아동 도서가 증가하고 있는 것이다. 그의 '시공간' 개념으로 보면 아동 문학의 시공간은 성인 문학의 그것에 비해 훨씬 대담하고 창조적이며, 복잡 미묘하다. 또한 텔레비전, 컴퓨터 게임, 만화 같은 비문학적 요소의 확대 사용은 아동 문학을 포스트모던 문학에 가깝게 다가서도록 만든다.

상호 텍스트성 또한 아동 문학 작품의 폭넓은 이해를 위해 적용될 수 있다. 아동과 성인이라는 양쪽의 수신자들을 향해 열려 있거나 숨겨져 있는, 수많은 텍스트 사이의 관련성은 아동 문학 작품의 풍요로운 내면을 드러내 준다. 이 모든 시선들은 아동 도서를 하나의 예술 작품으로 보는 것을 가능하게 해준다.

이렇게 아동 문학이 문학으로서 가지고 있는 다양한 면모와 가능성을, 그런데 정작 우리의 아동 문학인들은 외면하고 있는 듯하다. 교육성이라는 울타리를 친, 니콜라예바의 표현에 의하면, '수용소' 안에 들어앉아서 특별 대우만을 바라는 안이한 자세로는, 아동 문학이 문학으로서의 평가를 받기는커녕 그 관심권에서조차 점점 멀어지게 만드는 결과를 빚을 뿐이다. 어린이를 단순히 교육 대상으로서가 아니라 독자적인 세계를 가진 하나의 인격체로서 탐구하는 눈과 다양하고 정교한 문학적 장치

를 갖추려는 치열한 작가 의식만이 아동 문학을 당당하게 문학
이론 앞에 내세우는 길이 될 것이다.

　다만 한 가지가 좀 어렵다. 메타 이론적인 측면까지 껴안고
있기 때문이겠으나, 아동 문학계의 현실을 감안할 때 혹시 안
고수비(眼高手卑)의 비판을 받을지 모른다면 실례일까.

비뚤어진 말의 물길, 마침내 홍수 되다

7월 한 달 전국이 물난리였다. 추악한 이 땅을 향한 하나님의 눈물이라도 된다는 말인가. 패연(沛然)하게 내리는 소리 상쾌하게 마련인 여름비가 장마 위에 또 장마로 겹치면서 산을 무너뜨리고, 집들을 쓸어 버리고, 사람과 재산을 삼켜 버렸다. 물의 이러한 폭행이 가능한 것은 짧은 시간 안에 퍼붓는 집중 호우가 기존의 물길을 없애 버리고 물길을 제 마음대로 새로 만들어 내면서 아무 곳이든 침범하고 범람하기 때문이다. 물의 패역한 행로를 볼 때에 기성 질서나 기존 제도에 대한 비판과 역행을 마치 신선한 도전이나 혁신으로 생각하기 일쑤인 우리네 사고방식이 오히려 얼마나 진부한 것이며 거대한 질서를 바라보지 못하는 이념적 단견에 사로잡힌 것인지 반성하게 된다.

진보니 보수니 하는 사회 과학적 용어 다툼도 치졸한 인간 중심적 우행(愚行)임을 반성하지 않을 수 없다.

비뚤어진 물길이 가져온 결과를 생명과 재산의 손실로만 계산하지 않을 때, 비로소 뜻밖의 소득 즉, 삶의 진리에 대한 경건한 성찰이 가능해진다. 그 가운데 문득 손에 잡히는 것이 우리의 언어생활에 대한 것이다. 많은 사람들이 개탄하면서도 한 번도 진지한 검토와 반성의 대상이 되지 못한 언어의 비뚤어진 물길에 대해 심각하게 생각해 볼 때가 되지 않았을까. 언어생활이라고 하면 최근의 것들, 그것도 구어체를 중심으로 한 일상의 대화 방식과 그 내용이 될 것이다. 자, 하나씩 몇 가지만 살펴보자.

1) 올바른 존칭 사용 문제 : 이즈음 젊은이들로부터 비롯된 존칭 사용의 엉망진창 현실은 도대체 어디서부터 바로잡아야 좋을지 모를 정도다. 존칭은 대화의 상대방이 자신보다 윗사람일 경우 그를 높이는 말인데, 많은 젊은이들이 도무지 상대방을 높이는지 놀리는지 모를 정도로 존칭을 함부로 사용한다. 실례 몇 가지를 들어 보겠다. "화장실이 어디 있습니까?" 하고 물었는데 "화장실은 저쪽 식당 뒤에 계십니다"라는 대답이 돌아온다. 빵집 점원에게 "이 빵, 얼마입니까?" 하고 물으면 "이

건 5백 원이시고, 저건 천 원이십니다" 한다. 사람을 높이는 것이 아니라, 상대방이 윗사람이라면 대화에 나오는 모든 사물을 높이는 것이다. 그런가 하면 윗사람, 아랫사람을 구분 못하고, 써야 될 존칭을 다른 곳으로 돌리는 경우도 너무 많다. 공부깨나 했다는 박사들도 잘 틀린다. 예컨대 60대 교수가 30대 강사에게 40대 교수의 행방에 관해서 "○○○ 교수 지금 어디에 있는지 아는가?" 하고 물으면 "○○○ 교수님 어디에 계신지 모르겠는데요"로 대답이 나오는 것이 일반적이 어법이 되어 버렸다. 할아버지 앞에서 아버지를 높여 존칭을 쓰지 않는다는 기본조차 모르는 것이다. 나는 학교에서 너무 자주 이런 일을 겪는데, 그때마다 지적하고 가르친다. 동시에 그때마다, 초등학교에서 고등학교까지 12년 동안 우리말에 대해서 대체 뭘 배웠을까, 하는 궁금증을 풀 길이 없다. 심지어는 1학년이 2학년 선배에 대해, 2학년이 3학년 선배에 대해 교수 앞에서 말하면서 조금도 주저하지 않고 "언니께서 그러시는데요" 운운하고도, 무엇이 틀렸는지 모른다. 바로잡아 주어도 그때뿐, 다음날이면 굳건히 "언니께서……"가 다시 나온다. 놀라운 것은, TV 등 공식석상에 나온 사람들도 이런 언사를 예사로 사용한다는 사실이다. 많은 사람들 앞에서 자기 남편에 대해 말하면서 "그분께서는요……" 하는 말투가 오히려 정당한 표현처럼 사용되고 있는데도 지적하는 이 한 사람 없는 언어의 무정부 상태가 계속되고 있다.

이와 같은 언어의 무질서는 곧 어른과 아이, 공과 사의 구분이 없어진 현실의 반영이라고 할 수도 있으며, 반대로 이 무질서가 무질서한 현실을 재생산해 낸다고도 할 수 있다. 언젠가 TV에 생중계된 연예인 관계 시상식의 풍경이다. 시상자로 나온 젊은 배우들이 수상자를 호명하면서 지극히 공손한 어조로 "○○○ 선생님", "○○○ 선배님"을 줄줄이 부르고 있었다. 그 뒤 인터넷에는 "사적인 자리에서나 선배, 선생으로 부를 일이지, 수많은 방청객과 시청자가 지켜보는 공적인 자리에서 선배, 선생으로 호칭하는 것은 옳지 않다"는 글이 올라왔다. 곧이어 댓글도 줄줄이 달렸는데 그 말이 옳다는 의견보다는 "그렇다면 새파랗게 젊은 녀석이 나이 든 윗사람을 건방지게 ○○○ 씨 하고 불러야 하느냐, 별 시비를 다 건다"는 식의 의견이 더 많은 게 아닌가. 마르쿠제가 일찍이 《일차원적 인간》을 통해 예견한 일차원의 세계가 공사(公私)의 붕괴라는 측면에서 이루어지고 있는 것 같은 섬뜩함이 느껴졌다면, 나의 민감함일까. '일차원적 인간'으로의 진입은 남녀 구분과 대립의 소멸이라는 점에서도 흥미롭게 관찰된다. 1990년대 이후 페미니즘의 격렬한 대두와 더불어 수동적 위치에 있던 여성성이 모든 부문에 걸쳐 개방되면서 성적 욕망의 적극성이 언어를 통해서도 거침없이 표현되기에 이르렀다. 때로는 남녀의 위상이 역전되는 경우마저 없지 않아 보이는 그 언어는, 전통적 여성 언어의 퇴화와 함께 거친 남성 언어를 무분별하게 수용함으로써 언어의 타락이라는 일반적 경향에 가담할 뿐 아니라 오히려 이를 가속화시키는 측면이 없지 않다. 아무튼 "제가 아시는 분이……" 하면서도 무엇이 잘못되었는지 모르는 존칭의 문맹 혹은 존칭 불감증은 이 시대의 불치병이 되어 가고 있다.

2) '-라고' 증세 : "'A가 B를 사랑한다'라고 한다면, B는 어떻게 할 것인가". 이 문장은 올바르다. 그러나, "A가 B를 사랑한다라고 한다면 B는 어떻게 할 것인가". 이 문장은 올바르지 않다. 이 문장이 올바르기 위해서는, "A가 B를 사랑한다면 B는 어떻게 할 것인가"로 써야 할 것이다. 요컨대 '-라고'는 인용문을 그대로 옮길 때 쓰는 조사(助詞)이지, '-다'라는 종결 어미 뒤에 오는 접미어가 아니라는 것이다. 그런데도 이즈음 많은 사람들, 심지어는 말을 직업으로 하는 아나운서, 교사, 목사들도 대부분 '-다라고'를 남발한다. 나는 이런 표현을 들을 때마다 소름이 돋는 것을 느끼는데, 이제는 아주 분노까지 생길 지경이다. 예컨대 "사람이 피곤하면 쉬어야지" 같은 평범한 문

장도 "사람이 피곤하다라고 한다면 쉬어야지"라고 말할 정도
니, '-다'로 끝나는 문장에는 무조건 '라고'가 붙어야 한다는 새
로운 문법이라도 생겼다는 말인가.

3) '되어지고', '보여지고' 등 이중 수동태 : 우리말 수동태의
가장 일반적인 표현은 '되다'라는 동사에 의해 수행된다. 이것
은 의심할 나위 없는 기본적 교과서 문법이다. 그런데 언제부
터인가 이미 수동태인 '되다'라는 동사가 '되어진다'는 국적 불
명의 낱말이 된 감이 있다. '보다'라는 동사 역시 '보인다'로 바
꾸면 충분히 수동태가 되는데도 자꾸 '보여진다'는 말로 써서
답답하기 짝이 없다. 내가 존경하는 어느 목사님도 설교 때 '된
다'면 될 것을 계속 '되어진다'로 말하는 바람에 설교의 메시지
는 놓치고 거기에만 신경을 곤두세우는 경우가 가끔 있다.

4) 그 밖에도 '다르다'와 '틀리다'는 엄연히 다른데도 싸잡아
서 '틀리다'로 쓰는 등, 이른바 문장론 아닌 품사론 차원에서의
오류를 지적하자면 한이 없다. 다행히 TV에서 우리말 바로 알
기 혹은 우리말 겨루기 퀴즈 등과 같은 프로그램을 통해 올바른
언어생활을 위한 사회적 노력을 기울이는 바가 없지 않아 반갑
기는 하다. 그러나 문제는 그 방향과 내용이 단편적일 뿐, 전체

적인 흐름의 교정을 겨누고 있지 않다는 점이다. 일껏 지적해 놓은 우리말 오류를 그 방송국이 바로 그다음 프로그램에서 태연히 저지르고 있으니 교정이 될 턱이 있겠는가. 기왕에 텔레비전 프로그램을 언급한 김에 한 가지만 더 짚고 넘어가면, 다른 사람의 말을 옮기는 상황에서 쓰이는 '-ㄴ다고 해'의 준말 '-ㄴ대'를 자막에서 열에 아홉은 '-ㄴ데'로 쓴다는 점이다. 이 오류에 온 국민이 얼마나 중독이 되었는지, 제법 이름난 출판사에서 나오는 책에서도 그 실수가 드물지 않게 눈에 띌 정도다.

오늘 우리에게 언어생활 문제가 제기된다면 그것은 우리말보다 영어를 중심으로 한 경우가 대부분이다. 영어를 잘 못하는 것은 창피한 일이지만 우리말을 잘 못하는 것은 조금도 부끄럽지 않게 여긴다. 부끄럽다니! 어떤 외국 문학자들은 번역을 잘못해 놓고서도 "우리말을 잘 몰라서……" 하면서 대수롭지 않다는 듯 변명한다. 마치 우리말 잘 못하는 것만큼 외국어는 반비례로 잘한다는 투다. 이런 풍조가 개선되지 않고 방치되는 가장 큰 이유는 뭐니 뭐니 해도 제대로 된 우리말 사전이 없다는 현실에 있다. 우리말 사전의 필요성에 대해 나는 기회가 있을 때마다 끊임없이 역설해 왔는데, 수십 년간 그 어느 쪽에서도 아무런 반응이 없다. 국어 교사와 작가들이 엄청나게 많을 터인데 어찌 이렇게 메아리가 없을까, 기이할 정도다. 역시 주장하는 목소리 자체가 미미하기 때문일 것이다. 사전의 중요성이 학문적으로, 문화적으로, 사회적으로 인식되지 않고 있다는 방증이리라.

오래전 중요한 국가시험 출제차 연금 상태에 든 적이 있었다. 외국어 담당인 나는 교육 당국으로부터 지침이라는 것을 받았는데, 그에 의하면 전체의 5%, 즉 두 문제는 반드시 발음에 관해 출제하라는 것이었다. 그러나 국어 부문에는 이러한 지침이 없었다. 말을 바꾸면, 우리말 발음은 아무렇게나 해도 좋다는 것 아닌가. 한글은 표음 문자라서? 아니다. 표음 문자이므로 모든 어휘가 글자 그대로 발음되는 것은 아니다. 우리말에도 표기와 발음이 다른 경우가 얼마든지 있다. 우리말을 포함해서 어느 나라 말이든, 그 발음은 만국 발음 기호에 의해 이루어져야 하는 것이다. 그러나 우리에게는 발음 사전이 없으므로 발음의 모범이 없다. 외국어는 제대로 발음해야 하지만 우리말은 멋대로 할 수밖에 없는 것이다. 사전은 이렇듯 발음 사전을 비롯해서 의미 사전, 어원사전, 문법 사전, 용례 사전 등등, 말에 관한 모든 것을 망라하며 매해 교정 · 보완 · 편찬 · 발행되어야 한다. 이웃 일본의 이와나미〔岩波〕, 영국의 **COD**와 **DOD**, 프랑스의 라루스(Larouse), 독일의 두덴(Duden) 등, 웬

만한 나라는 이런 의미의 사전을 모두 갖추고 있다. 사실 문화 선진국이라면 마땅히 사전이 있어야 하며, 이것은 예술의 전당이나 국립 극장 건립보다 우선되어야 할 문화 국가의 선행 조건이다.

말이 비뚤어진 물길처럼 왜곡되고 범람하는 까닭도 따지고 보면 애당초 수로(水路)가 잘 정돈되어 있지 않은 데에 있다. 그 수로가 사전이라고 해도 틀리지 않는다. 법이 있어야 범법, 무법이 판가름되지 않겠는가.

오늘의 현실을 문명과 산업 차원에서 볼 때 정보화 사회, 영상시대라고 한다. 활자 문화와 인쇄 매체는 한물갔다고 하는 사람들도 있다. 그러나 그렇지 않다. TV와 영화에 이어 PC와 인터넷이 추가되었을 뿐, 언어의 중요성과 그 양은 오히려 폭발적으로 증가하고 있다. 인터넷에 올라오는 의견들, 덧글이며 모바일의 문자 메시지들이 모두 언어 아니면 무엇인가. 평소에 편지 한 장 쓰지 않더라도 이메일 이용하지 않는 사람은 아마 없을 것이다. 여기에 덧붙여 정규 프로그램을 능가하는 TV의 홈쇼핑에 나오는 소위 쇼핑 호스트들의 무질서하고 선동적인 언어들……. 바야흐로 기계화된 언어의 홍수 속에 우리는 살고 있다.

기계화된 언어들이 언어를 망가뜨리고 있으며, 여기에 아무런 조정/교정의 매개물이 개입하지 않고 있다. 국가도 학교도 문학도 힘을 쓰지 못할 뿐 아니라 오히려 이 사태를 더욱 조장, 촉진시키는 경우도 없지 않다. 쇼핑 호스트들이 밤낮으로 토해 내는 국적 불명의 언어들이 교과서를 대체하고 있으며, 비판적 언어로 조정 능력을 발휘해야 할 젊은 작가들 중 일부는 쓸개 빠진 흉내 내기에 급급한 모습이다.

아, 사전을 불사르라(불사를 사전이 있다면)! 교과서를 찢어 버려라! 이제 인터넷이, 모바일이, 홈쇼핑이 그 자리에 앉아서 자신들이 교과서이며 사전임을 뽐내고 있지 않은가. 언어의 주도권은 그것들의 소비자인 젊은이들에게 이미 넘어간 지 오래다. 전통은 기왕의 수로가 없어진 홍수의 벌판에서 철수하여 저 산정으로 기어 올라가야 하리라. 조정권 시인이 벌써 노래한 〈산정묘지〉가 거기에 있다. 침묵의 언어만이 지배하는 그곳에서 이제 우리는 무엇을 말할 수 있으랴.

잿빛 하늘 속의 그리움
― 독일 문학에 매료된 인생

　잿빛 하늘과 암울한 마음의 흔들림, 그리고 알 수 없는 저 먼 곳을 향한 아득한 그리움, 환상인 듯 아닌 듯 떠오르는 한 꽃송이의 슬픔, 스산한 바람 소리…… 이런 것들이 낭만주의라는 이름 아래 껴안을 수 있는 삶의 표상인 줄을 나는 정말 잘 몰랐었다.

　다만 전화(戰禍)가 휩쓸고 간 서울 거리, 영국군이 주둔해 있는 중학교 철조망 옆길을 지나면서 소년의 가슴은 허공처럼 비어 있었고, 세상은 온통 어둠뿐이었기에 알 수 없는 동경을 붙들고 겨우겨우 자신을 지탱했던 기억만이 아스라이 떠오른다.

　무분별한 독서가 빈 가슴을 채워 주었으니 사춘기 시절의 정신적 폐허가 낭만주의라는 이름에 어울리는 어떤 정서일 수 있다는 것은 훨씬 뒤(아마도 대학원 시절쯤 되지 않았을까)에야 터득했다. 그런 가운데 써어진 나의 석사 학위 논문은 20세기 표현주의 시인 고트프리트 벤에 관한 것이었다.

1968년의 일인데, 사실 벤의 이름조차 들어 본 지 몇 년 안 된 상태에서 논문을 썼다. 은사인 강두식 교수의 강의와 어떤 글에 촉발된 것이 동기라고 할 수 있는데, 어쨌든 허무와 절망 의 시대에 시를 통해 다시 일어선 강인한 정신에 나는 매료되 었던 것 같다.

허무와 절망 극복한 강인한 시정신

나의 지적 호기심은 이렇듯 원래는 벤과 더불어 시작되었는 데, 1970년대에 들어서면서 독일 낭만주의 전반에 관한 것으로 서서히 넓어져 갔다. 어떻게 보면 지극히 당연한 추세라고도 할 수 있겠는데, 생각해 보면 그 계기는 사뭇 작은 곳에 있었다.

1972년인가, 1973년인가 겨울로 기억되는데, 나는 작은 밥 상을 끼고 앉아 열심히 파지를 내고 있었다. 내복 바람으로 앉 아서 열을 내고 있었던 원고는 노발리스의 장편소설 《하인리 히 폰 오프터딩겐(Heinrich von Ofterdingen)》의 번역이었는 데, 꼬박 일주일을 매달린 끝에 8백여 매에 달하는 원고를 탈 고했다.

우리말로는 《파란 꽃》이라는 제목으로 샘터사에서 처음에 출판했는데(나중에 문예출판사로 책이 옮겨 갔으며, 그 뒤 다시 열림원 '이삭줍기' 총서의 하나가 되었다), 이것이 하나의 전기가 되어 나는 낭만주의에 눈뜨게 되었다. 알고 보니 낭만주의는 독일 정신의 원류였으며 독일 문학의 본질이었는데, 나의 개안은 그리 빠른 편은 못 되었던 것 같다.

30대 중반부터 나는 낭만주의와 그 핵심 작가라고 할 수 있는 노발리스의 연구에 재미를 붙이게 되었으며, 그 결과 독일 문학의 진짜 정수가 무엇인지 어렴풋이 눈에 보이는 느낌이었다.

낭만주의라 불리는 18세기 후반의 문학 사조는 사실상 이 시기만의 특정한 현상이 아닌 독일 문화의 전통이라고 할 수 있으며, 그 끝에는 신비주의라고 할 수 있는 종교적 뿌리가 있다는 사실도 멀리 보였다.

관심은 자연스럽게 독일 정신사 전반으로 확대될 수밖에 없었으며 거기서 헬레니즘 문화와 헤브라이즘 문화, 즉 희랍 신비주의와 기독교의 원형이 나타났다.

사실상 이때부터가 독일 문학에 대한 나의 본격적인 연구 시기라고 말할 수 있을 것이다.

그러나 관심의 열기, 깊이와는 달리 나는 나의 지식이 너무 천박하다는 사실 앞에서 잠시 망연할 수밖에 없었다. 무엇보다도 명색 서양 문학을 한다는 사람이 성경 한번 제대로 읽지 못했다는 점은 나를 황당하게 하였다. 독일 문학을 포함한 거의 모든 서양 문학은 기독교와의 싸움, 그 토착화, 그로부터의 이반 과정이라고 할 수 있는데 막상 기독교를 몰랐으니 모든 연구는 불구의 연구였던 것이다. 자연히 나는 기독교에 눈을 돌리게 되었고, 비로소 독일 문학은 그 원죄라고 할 수 있는 낭만주의와 더불어 제 본래의 얼굴을 내게 보여 주었다.

노발리스와 횔덜린을 포함한 서양 작가 8명을 문학적 견지와 신학적 견지에서 분석한 《문학과 종교(Dichtung und Religion)》(한스 큉·발터 옌스 공저)는 이 과정에서 내게 결정적인 영향을 준 저서여서 나는 오랜 고생 끝에 이 책을 우리말로 번역해 내기까지 하였다.

남의 옛것과 한국의 새것

독일 문학도로서 나는 또한 괴테와 문학 비평 일반을 향해서도 동경의 시선을 보내고 있음을 고백해야겠다. 나를 아는 분은 아시겠으나, 독일 문학뿐 아니라 한국 문학에 관해서도 아는 체하는 처지에 있다. 문학 평론가 행세를 40여 년 해왔더니, 어떤 자리에서는 민망하게도(사실은 슬프게도) 원로 비슷한 대접을 받기도 한다.

원로라니! 나는 아직 머리칼도 그리 희지 않을 뿐더러 책 읽고 글 쓰는 일을 놓아 본 일이 없다. 여전히 나는 현역인 것이다.

그런 의미에서 나는 현장에 있는 셈인데, 그러다 보니 한국 문학에 관한 나의 흥미는 항상 '현재의 것'을 향한다. 따라서 한국 문학 독서는 독일 문학과는 달리 언제나 요즈음의 작품들이다. 나는 한국 문학자나 한국 문학사가가 아니며, 다만 평론가일 따름이므로 한국 문학에 관한 한, 나의 흥미도 관심도 독서도 저술도 현재적인 것을 벗어나지 않는다.

이것은 그러나 독일 문학을 향한 사정과는 조금 다르다. 이따금 나는 오늘의 독일 문학, 이즈음 유명한 독일 소설가나 시인, 혹은 경향에 대해 질문을 받는 경우가 있다. 그때 나의 대답은 잘 모르겠다는 것인데, 그러면 대개 묻는 이의 표정이 의아해진다. 그것도 모르느냐는 것일 터인데, 나로서는 그것까지 알 겨를이 없다.

한국 문학 평론가라는 자리와 더불어 독문학자로서의 길도 엄연한 나의 직업이 아닌가. 그리하여 독일 문학은 옛것, 한국 문학은 새것에 관한 것으로 나의 호기심이나 지식은 이원화한다. 그러나 이 둘은 서로서로 잘 돕는다. 어떻게 보면 아주 절묘한 조화 속에 있는 것 같기도 하다.

남의 근본을 보고 배우고 걸러서 이즈음의 내 것에 써먹는 맛이라고나 할까. 여기서 괴테는 거대한 나의 스승이며, 독일 문학 비평사에 나타나는 숱한 이론가들은 선배이며 동료라고 할 수 있다. 낭만주의에 대한 근원적인 탐색과 함께 이들에 대한 연구가 나의 이른바 학문적 일상의 내용을 이루는 것은 그러므로 지극히 당연한 일일 것이다.

특히 괴테야말로 낭만주의적 정열에서 그의 문학을 일으켜 《파우스트》에 이르기까지의 긴 여정을 독일 정신의 발견과 그 바람직스러운 극복을 위해 온몸을 바친 거인으로서 나를 위축시키고, 고무시킨다. 괴테 없는 독일 문학이나 독일은 오늘날 생각조차 할 수 없는데, 나는 그에 대해 고작 몇 편의 논문들과 한 권의 번역 시집을 갖고 있을 뿐이니 참으로 초라하다고 할 수밖에 없다.

그러나 그 가운데서도 나는 〈파우스트의 기독교적 성격 연구〉라는 논문에 약간의 자부심을 갖고 있는데, 그 까닭은 이런 측면에서 조망을 가한 드문 연구이기 때문이다. 실제로 독일 낭만주의는 그 정신의 원류로서 독일 정신의 자유와 무한한 관념의 비상을 가능케 한 힘이었으나, 다른 한편 신비적 경향 때문에 늘 새로운 극복이 모색되어 온 학문적 과제였다.

괴테는 그 극복을 《파우스트》를 통해 기독교 정신을 갖고 내다보았으며, 헬레니즘과 헤브라이즘의 통합에 어느 정도 성공하였다. 나의 괴테 연구는 여전히 앞으로의 숙제로 남아 있지만 낭만주의와 그 극복이라는 관점에서의 가설은 상당 기간 계속될 것이다.

낭만주의의 극복

독일 문학 비평은 일찍이 내게(아마도 1970년대 전반일 것이다) 아도르노, 벤야민, 마르쿠제 등의 이름을 가르쳐 주었으며, 비교적 초창기에 나는 나도 잘 모르는 처지에 이 대학 저 대학의 대학원에서 이들을 소개하였다. 그 한 결과일까.

내게서 배운 문병호 군과 김영옥 군이 우리나라에서는 처음으로 독일 대학에서 아도르노와 벤야민으로 각각 박사 학위를 받았으니 고마운 일이 아닐 수 없다. 이제 나는 그들로부터 다시 이들 이론가들에 관해 배우고 있는 형편인데 감개무량하다.

바라건대 언젠가는 18세기부터 오늘에 이르는 독일 비평사 한 권쯤 내 손으로 썼으면 한다. 이들을 읽을 때마다 그들의 예감과 통찰력에 나 자신 부끄러움을 느끼면서 언제나 이들 수준에 이를 것인지 아득한 동경에 빠진다.

독일 문학과에 갓 신입생이 된 지 46년이 흘렀다. 그러나 정작 독일 문학의 맛에 매료되기 시작한 지는 20년 남짓이나 될까. 네 권의 연구서를 갖고 있으나 어설프기 짝이 없다. 내 책

을 내는 일도 중요하지만, 첩첩 쌓인 작품들의 언덕과 고비를
무슨 힘으로 넘을 것인지 창연하기만 하구나.

인간을 향하여 인간을 넘어서
― 나의 초기작과 최근작 사이

평론집이 또 나왔다. 이런 나의 표현이 아마도 조금쯤은 시니컬하게 들릴지도 모른다. 사실이 그러하다. 잘 팔리지도 않는, 그렇다고 해서 그 영향력과 위력이 놀라운 책도 아닌 책을 벌써 아홉 번째 찍어 내고 있는 자신이 못난 지식인, 그것도 날이 갈수록 문자의 힘이 빠져 가고 있는 시대의 문학인으로서 헛된 자위행위의 주인공 같은 느낌을 지울 수 없기 때문이다. 그렇지 않은가. 사방을 둘러보아도 온통 '뜨고' '터지는' 일만이 '쓰고' '읽는' 일의 자리를 차지하고 있지 않은가.

물론 나의 이런 자조 의식이랄까 하는 것은 컴퓨터를 비롯한 전자 매체의 화상에 의해서만 생겨나는 것은 아니다. 그보다 훨씬 더 많은 원인이 아마도 훨씬 더 많은 배경으로부터 기인한다. 크게는 후기 자본주의 사회에 자리하는 문학의 위치와 기능에 대한 회의와 무력감, 작게는 나 자신의 개인적인 감회가 있을 수 있다. 전자의 경우는 말할 나위 없이 우리 문학인들이 공동으로 부딪치는 문제인데, 후자의 경우도 그 뒷맛이 맑지 않다. 이런 기분을 한마디로 요약하자면, 경박해 가는 사회, 경박해 가는 문화, 경박해 가는 독서 풍토 속에서 나를 포함한 모든 문학 비평 행위가 지니는 뜬금없는 진지함이 공연한 에너지의 낭비일지도 모른다는 생각이다. 가뜩이나 종이 값도 비싸다지 않은가!

이런 착잡함 때문에 사실 나의 평론 활동 33년, 그리고 평론집 9권의 세월을 되돌아보는 일은, 밖에서 상상할지도 모를 어떤 뿌듯함이나 성취감만으로 충만한 것이 못 된다. 물론 보람이 없는 것도 아니고, 감사한 마음이야 더더욱 가득하다. 되돌아보면 첫 평론집 《상황과 인간》(범우사)을 내놓을 때 가장 보람되고 감사했던 것으로 기억된다. 《상황과 인간》은 1969년 버클리에서 받아 보았다. 이해 11월 10일에 발행된 이 책은 당시 버클리 유학 중이던 내게 출판사의 실질적 책임자였던 소설가 박태순 군이 부쳐 주어 볼 수 있었다. 책이 왔다는 소식(여러 권을 보내 주었기 때문에 우체국에 직접 와서 찾아가라는 소식이었다)을 듣고 버클리의 뱅크로프트 거리를 한달음에 달려 내려가 우체국에서 처음 책을 찾던 때의 감격은 지금도 생생하다. 담배를 물고 있던 소위 '저자 근경(著者近影)'은 어찌 그리 멋있던지! 겁 없는 문학 청년기, 내 나이 29세 때였다. 그 책의 서문을 지금 다시 들추어 보니 이런 말이 적혀 있다.

대체 인간은 얼마나 강할 수 있으며 동시에 얼마나 약할 수 있는가 하는 것이 늘 나의 관심이 되어 왔다. (……) 세계의 이원론을 인간 내부에서 찾고 그 갈등과 극복을 모두 인간 그 자신의 능력—눈물의 능력, 웃음의 능력을 통해 찾아보려는 것이 나의 생각이다. 나의 자를 가지고 오랜 혼란의 굴레에서 탈출하고 싶다.

그 책이 나온 뒤 나는 이 서문을 여러 번 읽었던 기억이 난다. 그리고 그때마다 감탄했던 것 같다. 스스로 생각해도 제법 괜찮은 말이라고 여겼던 것일까. 특히 "세계의 이원론을 인간 내부에서 찾고 그 갈등과 극복을 모두 인간 그 자신의 능력"에서 찾아보겠다는 진술에 나는 스스로도 매우 대견해했고 때로는 감동까지 했었던 모양이다. 그러나 내가 그토록 신뢰했고, 신뢰하고 싶었던 그 인간에 대한 생각은 그로부터 30년이 지난 오늘 너무나도 바뀌었음을 이제 고백하지 않을 수 없다. 요컨대 그 인간이 신뢰할 수 없는 존재인 것이다. 무엇보다 그 인간들의 하나인 바로 나 자신이 신뢰할 수 없을 정도로 바뀐 것이다. 30년 동안 내가 깨달은 것은 '인간 내부'에는 앞서 말한 그런 능력들이 없다는 사실이었다. 이 발견은 내 문학과 인생 전반에 중대한 변화를 일으키면서 한 전환점을 만들었다.

인간에 대한 절망, 그 결과 자연스럽게 다가온 초월적 존재 즉, 신과의 만남은 1983년에 일어난 일이었다. 이해에 나는《새로운 꿈을 위하여》(지식산업사)라는 평론집을 펴내었다. 물론 그때까지 발표한 평론들의 모음으로서, 1983년 그해의 내 문학관을 반영한 책은 아니었다. (그동안 나는 1974년《문학비평론》, 1979년《변동사회와 작가》를 발간하였다.) 그러나 이 책은 그 제목이 명백히 보여 주듯이 그때까지 갖고 있던 문학관에서 벗어나 '새로운 꿈'을 향해 나가고 싶다는 나 자신의 분명한 지향과 의지를 담고 있었다. 새로운 꿈이란 여기서 무엇이었을까. 책머리에 나는 이렇게 적었다.

이런 시대를 뚫고 그들을 모두 인간이라는 단 하나의 이름으로 통일하려는 시인들의 꿈을 바라보면서 거기에 다시 나의 꿈을 얹어 본 시도이다.

　　이런 시대란 광주의 비극 이후 계속되는 1980년대 초의 현실인데, 여기서도 한결같이 ‘인간’이라는 말이 화두로 등장한다. 무엇 때문에 그토록 나는 ‘인간’에 매달렸는지 모르겠는데, 결국 그것은 그 ‘인간’을 벗어나기 위한 몸부림의 과정이었던 것으로 지금 이해된다.

　　아무튼 이즈음 신을 만난 나는 정말이지 답답하고 괴로운 지난날의 한계를 떨치고 하늘로 날아오르는 기분이었다. 기독교의 문을 두드리고 세례도 받았으며 비로소 성경책도 읽게 되었다. 성경은 아직까지도 제대로 읽지 못하고 있으나 그것을 처음 만났을 때의 전율과 감격을 무어라 말할 수 있을지! 명색 서양 문학을 공부한다는 선생이 나이 사십이 넘어서야 성경 구절들을 읽게 되었다는 부끄러움은 그제야 그것을 가능하게 해준 하나님에 대한 감사에 의해 가볍게 덮어졌다. 사실 서양 문학은 기독교 문화인 헤브라이즘과 그리스 로마 문화인 헬레니즘을 큰 두 축으로 하고 있는데, 어떻게 된 셈인지 우리나라에 와서 헤브라이즘 전통에 관한 이해가 전공자들에게서조차 매우 미약한 편이었다. (이러한 상황은 지금도 별로 개선되지 않은 것 같다.) 기독교 문화를 한쪽 바탕으로 한 서양 문학계의 현실이 이런 형편이니 한국 문학 내지 한국 문단의 처지는 더욱 딱한 꼴이었다. 기독교에 관한 지식의 천박함은 말할 나위 없고, 아예 기독교를 문학의 맞은편에 있는, 반문화적인 어떤 것으로 적대시하는 분위기도 없지 않았다. 그러나 총체적 인간학인 문학의 보다 높은 원리를 갈구하던 나로서는 기독교와의 만남이 정말이지 성경에 나오는 괘로 광야에서 만나를 먹게 된 형국이었다. 주위의 많은 질시와 오해가 있었으나, 이로부터 나의 문학엔 신성과 초월성의 개념이 자연스럽게 도입되었고 세속적인 평면성에 안주하던 비평 논리는 입체적인 탄력을 얻게 되었다는 것이 나 스스로의 판단이다.

1986년 마침내 《문학을 넘어서》라는 이름의 평론집이 나왔다. 제목 그대로 문학을 넘어서고 싶었던 것이다. 이 책에서 나는 샤머니즘과 한국 정신의 관계를 살펴봄으로써 문학과 종교가 정신의 한 뿌리에 속하는 것을 보여 주고, 우리의 문학 평론이 마땅히 관심 가져야 할 부분을 환기시켜 보았다. 이런 관점에서 〈문학적 감동과 신성〉, 〈한국 문학, 왜 감동이 약한가〉 등의 글로써, 문학이 보다 높은 차원을 지향하면서 그 깊은 뿌리를 든든히 할 때 세속적 범주에 머무르는 감동의 피상성을 벗어나 훨씬 활달한 생명력을 지닐 수 있다고, 나로서는 꽤 힘주어 역설해 보았다. 그 뒤에 나온 《문학과 정신의 힘》, 《문학, 그 영원한 모순과 더불어》 등의 평론집들에도 이와 같은 기본적인 입장이 은밀하게 배어 있다.

　문학은 귀납적인 방법 위에 있기 마련이지만, 종교는 그 유일성의 진리로 인하여 환원론적인 인상을 주기 쉽고, 이 때문에 둘을 관념적으로 맺어 주면 때로 어색하고 그 논리도 부자연스러울 수 있다. 따라서 내가 관심을 갖는 것은, 인간을 통하여 일하시는 신의 역사가 나타나는 현장, 즉 우리 인생의 살아가는 모습 자체이다. 우리 인생에 있어서 인간은 주체이면서 동시에 대상이라는 이 통합적 인식을 정직하게 바라보는 일이다. 왜냐하면 인간은 피조물이니까. 《사랑과 권력》(1995), 그리고 《가짜의 진실, 그 환상》(1998)과 같은 평론집은 이 사실을 자칫 잊고 지나가는 세기말 문학 현상에 대해 안타깝게 여기는 나의 사랑의 마음이다. 인간은 인간을 넘어설 때, 즉 한계를 눈치 챌 때, 제 자신의 온전한 모습을 볼 수 있다는 메시지를 전하고 싶은 것이다.

보편적인 세계로의 접근
- '99 함부르크 한국 문학 모임

지난 4월 6일 독일 함부르크 시 래디슨 사스(Radisson SAS) 호텔 회의실에서 '한국 문학과의 만남-오늘의 한국 문학 (Meeting Korean Literature-Korean Literature Today)'이라는 모임이 열렸다. 어려운 경제 사정으로 인하여 작년에는(1998) 중단되었으나 지금까지 3년간 독일, 프랑스, 미국, 영국 등지에서 개최되었던 행사가 다시 열리게 된 것이다. 1995년 11월 독일 본에서 성황을 이루었던 문예진흥원 주최의 이 행사는 해를 거듭할수록 내실을 다져 오던 중 1999년에 독일에서 두 번째 모임을 갖게 되었다. 마침 4월 7일부터 같은 도시에서 열리는 유럽한국학회(AKSE: The Association for Korean Studies in Europe) 연례 학술회의와 보조를 맞추어 개최된 이번 모임은 단 하루뿐인 일정에도 불구하고 큰 성과를 거두고 끝났다. 나는 본 회의에 이어 이번 행사에도 참가하여 독일에서 한국 문학을 소개하는 일을 계속하고 있는 셈인데 두 번 모두 현지 학자들의 깊은 관심과 높은 열의를 느낄 수 있어 밝은 전망을 지속적으로 확인할 수 있는 즐거움을 누린 기회였다(물론 독일에서의 한국 문학 소개 행사는 이 밖에도 여러 가지로 행해져 오고 있다. 아마 도 첫 행사는 1983년 본과 서베를린에서 열린 한·독 수교 100주 년 기념 강연회일 터인데 이때 나는 본 대학 구기성 교수와 함께 한국 문학을 소개하는 첫 강연을 했다. 이후 1990년대에 와서 우 경문화재단의 후원에 의해 한독 문화 교류 프로그램이 매년 상호 방문식으로 이루어지는 행사가 되었다).

현지 학자들의 깊은 관심과 높은 열의

오전 10시 유럽한국학회의 사무총장인 함부르크 대학 한국 학과의 자쎄(Werner Sasse) 교수의 사회로 시작된 회의는 오후 5시까지 시종 진지한 분위기로 진행되었다. 40여 명의 인사가 참가한 모임은 오전, 오후로 나뉘어 열렸는데 오전에는 소설가 김원일 씨가, 그리고 오후에는 시인 신경림 씨와 소설가 이문열 씨가 각각 소개되었다. 이번 회의에 우리 측에서는 시인 신경 림, 소설가 김원일, 이문열 씨 등과 함께 평론가로 내가 동행했으며, 진흥원의 김용문 사무총장과 문학·미술 팀의 이창윤 팀장이 참가하였다. 여기어 통역으로 마침 뮌헨 대학에 와 있던 순천향 대학의 김형기 교수가 노고를 아끼지 않았다. 독일 및 유럽 쪽 참석자들은 오랫동안 한국 문학 번역과 강의를 지속적으로 함으로써 불모지인 현지의 많은 애로를 극복하고 이제는 한국 문학에 대한 인식이 자리를 잡아 가고 있음을 보여 주었다. 자쎄 교수를 비롯하여 짜보로브스키(Hans Jurgen Zaborowski) 교수, 후베(Albrecht Huwe) 교수, 피히트(Helga Picht) 교수, 왈라벤(Boudewijn C. A. Walraven) 교수(유럽 한국학회장, 네덜란드 라이덴 대학), 오가렉 최(Halina Ogarek-Czoj) 교수(폴란드 바르샤바 대학) 등 한국 전문가들이 거의 모두 참석하였다.

회의는 진흥원 김 총장의 인사말과 주독 한국문화원장의 축사를 거쳐 세 작가를 소개하는 비디오 상영으로 들어갔다. 이번 회의의 특색 있는 순서이기도 했던 이 비디오에는 세 사람이 함께 수록되어 있어서 좋았다. 한국적인 분위기를 배경으로 시청각 자료를 통해 기초 소개가 이루어졌다는 점에서 앞으로 이 부분에 더욱 관심을 가져도 좋을 것으로 생각된다. 그러나 이번 자료는 자막이 프랑스 어로 되어 있어서 회의에 참석한 독일 학자들에게 약간 미안한 느낌도 없지 않았다. 유수의 작가들에 대해서는 다국어로 된 시청각 자료의 개발이 요구되는 시점이 아닐까 싶다.

비디오 상영이 끝난 다음 작가 소개가 강연 형식으로 행해졌다. 세 작가들에 대하여 각각 15분 내지 20분간의 소개 강연은 내가 맡았는데, 촉박한 일정에 맞추어 급히 준비된 원고를 내가 읽어 나가는 형식이었다. 세 작가들에 관해서 이미 각기 한 편 이상의 작가론을 쓴 일이 있는 터여서 새삼스럽게 준비할 것은 없어 보였다. 그러나 실제로는 그렇지 못했다. 독일로 떠나기 열흘 전부터 원고를 쓰기 시작한 나는 의외로 상당한 어려움을 겪어야 했다. 김원일 씨에 대해서는 이미 독일에서 작년에 출간된 《바람과 강(Wind und Wasser)》의 해설(하이디 강 집필)을 많이 참고하였으나, 신경림, 이문열 양 씨에 대해서는 거의 원고를 새로 써야 했기 때문이다. 외국에서 외국어로 우리나라 작가들에 관한 강연을(나의 경우는 물론 주로 독일어다) 할 때마다 부딪히는 문제는 요컨대 국내용과 국외용 원고가 따로 쓰일 수밖에 없다는 사실이다. 국내에서의 그것은 당연히 문학 평론이다. 우리말로 쓰이는 이 글은 그 메시지 못지않게 문체가 중요시되지 않을 수 없으며, 문체는 메시지 전체의 구성에 기여하게 되어 있다. 그러나 매번 겪는 일이지만 그 글 그대로를 독일어로 옮기려고 할 때, 그것은 헛된 낭패에 지나지 않는다는 것을 경험하게 된다. 한국 문학의 세계 진출, 혹은 세계화는 바로 내가 겪고 있는 이 문제와 직결된다. 무엇이 나의 글을 독일어로 옮기는 일을 막고 있는가 결론부터 말하자면, 센티멘털리즘이라고 부를 수 있는 그 어떤 것이 거기에 있다.

'한국적'인 것과 센티멘털리즘

흔히 '한국적'이라고 불리는 것의 정체들, 그것들은 여러 가지 이름들과 형태들을 갖고 있지만, 나는 그것들을 모두 감싸 일단 센티멘털리즘이라는 말로 부르고자 한다. 이 센티멘털리즘은 많은 경우 부정적인 평가의 대상이 되고 있는 심리적 형상물이다. 개인적인 고백을 덧붙인다면 센티멘털리즘이야말로 샤머니즘과 더불어 35년 내 문학 인생에 있어서 비판과 극복의 대상이었다. 그러나 독일 혹은 외국과의 문학 교류가 차츰 빈번해지면서 센티멘털리즘이 배제될 때 한국 문학에는 과연 무엇이 남는가 하는 질문이 나 스스로에게 심각하게 제기된 것이다. 무엇보다 내 평론을 내가 직접 독일어로 옮기고자 했을 때, 센티멘털리즘이 제외된 자리에 빈 공간만이 덩그렁 남아 있는 모습을 보게 되었다. 다시 말하면, 한국 문학의 본질 깊숙이에 그 형태는 비록 다양하다 하더라도 센티멘털리즘이 음험하게 숨어 있다는 사실을 받아들이지 않을 수 없는 것이다. 그리하여 나는 함께 간 작가들에 관한 나의 발제 논문을 원래의 내 평론과 아주 달리 새로 쓸 수밖에 없었다. 형식상 그것은 학술적·즉물적 문체로, 그리고 내용에 있어서는 작가 세계를 보다 객관적으로 다루어 보편성의 범주에 넣어 보려고 한 것이었다. 그 결과 신경림의 문학에서는 자아 즉, 개인보다 집단이 중시되는 세계, 자연을 통한 인간 연민의 표출이라는 문제, 민요 전통에 대한 관심이 강조되었다. 김원일 소설에서 초점이 맞추어진 부분은 식민 현실과 남북 분단 등 현대사의 고통스러운 시간을 살아온 인간들이 그로부터의 해방과 구원을 모색하는 양식(樣式)의 문제였다. 《바람과 강》에 나타난 풍수지리나 지관의 문제도 이런 시각에서 제시되었다. 이문열 소설을 이데올로기 갈등과 부친의 결핍이 초래한 비극의 가족사, 그리고 유교 전통의 현대적 해석과 그 수용에 관한 문제로 관심을 집중시켜 보았다. 특히 이문열 씨는 한국에서 많은 독자를 확보하고 있는 이른바 인기 작가라는 점도 설명해 주었는데, 이 씨는 이미 '앙드레 문학 클럽'이라는 유력한 문학 동호회에서 선정한 세계 작가 카탈로그에 올라 있어 그 이름이 꽤 알려져 있었다.

오전에 김원일 편이 끝나고 오후에는 신경림, 이문열의 순서로 작가 소개 강연, 작품 낭독(한국어, 독일어의 순서)이 계속되었고, 한 작가의 강연이 끝날 때마다 토론이 열렸다. 토론은 매우 열띠고 진지한 분위기에서 행해졌다. 과거의 비슷한 모임에서는 일반적으로 학생들의 질문이 중심이었는데, 이번 회의에서는 기성 한국 학자 등 교수들이 주로 참여한, 그래서 학술 토론장의 분위기가 명실상부하게 충만했던 것 같다.

회의는 예정 시간을 넘겨 저녁 6시나 되어 끝났으며 이어 7시가 훨씬 넘도록 리셉션이 열려 못 다 개진된 토론들이 더 뜨거운 토를 달았다. 리셉션에서는 진흥원 사무총장 이외에 유럽한국학회 회장과 함부르크 시 문화부 대표로 나온 분들의 축사·환영사들이 이어져 4월 6일 함부르크의 밤은 한국 문학의 서늘한 열기에 의해 아늑하게 감싸진 느낌이었다. 나 개인적으로는 현지 한국 문학 학자들과 출판사 관계자들을 작년 10월에 이어 다시 만날 수 있어 반가웠다. 전문가들끼리의 이런 부단한 접촉과 교류야말로 눈에 보이지 않는 자산이라는, 느낌을 지울 수 없었다.

독일에 심은 한국 문학의 씨
─구기성 선생을 추억하며

1983년 12월 어느 날, 춥고 을씨년스러운 독일 본의 뒷골목 어느 작은 여관에서 나는 새우잠을 자다시피 하고 있었다. 샤워나 간신히 할 수 있는, 삐걱거리는 침대가 놓인 누추한 여관이었지만 나는 달리 어떻게 해볼 수가 없었다. 좀 괜찮은 곳으로 옮길까 생각도 해보았으나, 은사가 당신 집 근처에 잡아 준 여관을 내 마음대로 바꿀 형편이 아니었다. "며칠만 참으면 되는데……" 하면서 결국 주저앉을 수밖에 없었다. 나는 대학 시절의 은사이자 본 대학에서 한국학을 가르치는 구기성 교수의 준비로 개최된 '한독 수교 100주년 기념 한국 문학 포럼'에 특강 연사로 참가하게 되어 있었다.

행사는 본과 서베를린 두 곳에서 마치 무슨 비밀 결사라도 조직하듯 진행됐다. 강사는 나 이외에 보쿰 대학의 아다미(Adami) 박사였고, 나의 강연 제목은 '현대 한국 문학의 근본 양상'이었다. 저녁 시간에 열린 행사에는 구 선생이 초청한 인사들이 각각 2, 30명 정도씩 참석하였다. 강연은 한 시간 정도였으나 질문이 꽤 나왔고, 몇몇 인사들(주로 대학의 한국학 관계자 및 지역 언론인들)과는 자리를 옮겨서 밤늦게까지 토론하느라고 매우 피곤했던 기억이 생생하다. 한국 문학이 독일에 공식적인 강연을 통해 소개되기는 그것이 최초의 일이었는지라 소수의 청중이지만 호기심이 많았고, 여기에 일일이 답하는 일도 만만치 않았다. 게다가 구기성 선생은 그 깐깐한 성격을 유감없이 발휘해서 한 마디 한 글자 놓치지 않고 뒤풀이 석상에서도 열변을 토했고, 내게 언제나 완벽한 설명을 하도록 요구했다. 당시에는 때로 힘들고 짜증이 나기도 했으나, 그의 그러한 완벽주의적 성격 덕분에 독일에서 한국 문학이 지금 수준이나마 소개되고 이해되는 것이 아닌가 싶다.

그 뒤로도 한국 문학을 들고 독일 곳곳을 방문할 기회가 내게 몇 번 주어졌다. 빈으로 함부르크로 날아다니기도 했는데, 1995년 본에서의 심포지엄이 가장 규모가 큰 행사였던 것 같다. 본 대학과 문예진흥원 공동 주최로 2박 3일간 열린 심포지엄에서 내가 첫 개막 연설을 했고 미당 서정주 선생이 마지막

날 마무리 강연을 했는데, 독일 내 한국학 관계자들과 학생들 백여 명이 몰려 성황을 이루었다. 본 대학 후배 박사의 사회로 진행된 대회는 매시간 열띤 토론으로 깊이 있는 토의가 이루어졌다. 후배 박사는 구기성 교수와 함께 한국학을 연구하고 있는 실력 있는 소장 학자였다. 그는 나를 소개하면서 "독일 문학자이면서 한국 문학 평론을 하고 있는, 나로서는 가장 부러운 입장에 있는 분"이라고 말했는데, 이와 같은 이중 삼중의 위상들이 얽혀 있는 모임이 독일 내의 한국 문학이었다. 대회는 마침 통독 이후의 첫 행사로서, 피히트 교수를 비롯한 동베를린 학자들도 대거 참석하여 그들의 한국어/한국 문학 실력을 과시하기도 했다.

1995년 본 심포지엄에서는 특별한 인상이 내게 남아 있다. 미당 선생의 마지막 특강이 그것이었는데, 그는 여기서 과연 대가다운 멋을 유감없이 보여 주었다. 우선 그는 독일인들이 통일을 이룬 점을 높이 평가하고 축하한 다음, 자신은 지금껏 마음의 통일조차 이루고 있지 못함을 고백하였다. 그는 10대부터 술, 담배를 즐겼으며 여자를 좋아하였다고 털어놓으면서, 그러면서도 올바르게 살아야겠다는 욕망과 의지 또한 강했다고 부끄러워했다. 말하자면 갈등이 깊었던 것인데, 그는 이것을 통일되지 못한 내면이라는 이름으로 먼 이국땅에서 자복한 것이다. 미당은 이를 극복하기 위해서 불가에 들어 수련도 해보았고, 그의 시 자체가 바로 그 내면의 통일을 향한 몸부림이었다고 말했다.

그즈음 미당은 기독교에 심취해 있었다. 미국에 살고 있는 큰아들은 가톨릭을 믿고 있었으며, 작은아들은 개신교 신자였다. 특히 작은아들은 그 열심이 대단해서 아버지 미당이 세례를 받도록 여러모로 노력하였다고 한다. 그 결과 미당은 성경을 읽고 이따금 교회에도 출석해 보았으나 신앙이 쉽게 생기지는 않더라고 했다. 그러나 가톨릭이든 프로테스탄티즘이든 그는 모두 믿는다면서, 불교에서 기독교에 이르는 섭렵과 종합, 그리고 무엇보다 문학에의 정진에도 불구하고 편안한 통일은 여전히 이루어지지 않는다고 민망해했다. 지금도 예쁜 여성을 보면 가슴이 뛴다고 말하자 좌중에는 폭소가 터졌다. 그는 '통일'을 화두로 자신의 지난날을 모두 고백하고 지금의 상황을 자신의 문학과 독일의 그것에 대비시켜 자연스럽게 풀어나감으로써 단연 심포지엄의 피날레를 멋지게 마무리 짓는 대가로서의 풍모를 보여 주었다. 이날 이후 미당은 사석에서 사실상 자신은 기독교로 개종했다고 말했는데, 작은아들의 강권이 큰 동기가 된 것 같아 보였다.

같은 독일어권으로 오스트리아 빈에서 열린 한국 문학 소개

모임은 서울대 임종대 교수의 주선으로 1990년에 열렸다. 베닝어(Franz Weninger)라는 비평가의 초청 형식으로 개최된 행사는 서점에서 열린 간소한 모임이었으나, 한국 문학이 빈 땅을 밟은 최초의 일이었다. 물론 빈 대학의 이상경 박사가 한국학 강의를 하고 있었으나 한국학 전반에 관한, 그것도 고전 중심이어서 현대 문학 작가들은 거의 그 이름조차 알려진 일이 없어서 투박한 대로 새로운 진출이라는 성과가 있었다. 이런저런 행사들은 그 최초의 희소성 때문인지 본, 베를린, 함부르크, 빈, 빌레펠트 등지의 신문에도 보도되었고, 뒤에 파라다이스 재단 주최의 한독 작가 교류 프로그램이 정식으로 시작되는 데 작은 물길이나마 터준 역할을 하지 않았을까 생각된다. 나 개인으로서는 한국 문학 비평을 하는 독일 문학 선생이라는 점 때문에 이 같은 행사를 매개하는 일에 거의 독점적으로 불려 다녔는데, 나중에 김광규, 정혜영 부부 교수와 나의 제자 김영옥 교수가 나를 능가하는 활동을 전개하여 독일에서의 한국 문학 소개는 그 지평이 꽤 넓어진 모습이다.

그러나 독일과 한국 문학과의 관계는 구기성 선생의 존재와 활약을 빼놓고서는 그 올바른 평가가 가능하지 않다. 일찍이 서베를린 대학에서 릴케에 관한 논문으로 박사 학위를 받은 선생은 1960년대 초 서울대 문리대에 교수로 부임하였다. 나를 포함한 60학번은 모두 선생으로부터 '현대 독시' 강의를 들었는데, 섬세하면서도 날카로운 그의 수업은 충실하면서도 때론 무서웠다. 너무나 엄격했기 때문이다. 사실 1960년대 초의 문리대 분위기는 4·19 이후의 학생들 세상 같은 자유로움이 흘러넘치는 가운데 강의는 휴강이 오히려 낭만으로 여겨질 만큼 산만하였다. 그러나 독일에서 갓 날아온 구 선생은 강의도 꼬박꼬박 할 뿐 아니라 학생과 수업에 대한 태도도 엄중하였다. 낮술 마시다 몇 번 들킨 일이 있는 나는 아예 선생에게 술꾼으로 낙인찍힌 형편이었다. 그런 구 선생이 어느 날 홀연히 서울대 교수직을 버리고 독일 본 대학의 한국 문학 강사가 되었다. 지금도 그 이유를 소상히 알 수는 없으나, 참으로 용기 있는 결단이었던 것만큼은 분명하다. 그가 독일로 간 시기는 1970년대 초쯤이었던 것으로 기억된다. 아무튼 졸업 이후 선생과 나 사이에는 아무 교통도 없었고, 나는 막연히 구 선생이 나를 불량 학생으로 기억하고 있으리라 짐작할 뿐이었다.

그 구 선생이 홀연히 내 앞에 나타난 것은 1983년 봄이었다. 서울에 다니러 왔다는 것이다. 10년이 훨씬 넘은 세월 사이에 그는 거의 독일인이 되어 있었다. 그는 한국인과 한국 문학에 대해 개탄하면서도 그 본질이 센티멘털리즘일 수밖에 없음을 안타까워했다. 그러면서 1983년이 한독 수교 100주년 해인데,

독일에서 한국 문학 포럼을 할 때가 되었다고 역설하였다. 동시에 그는 내가 독일어를 하는 비평가이니 특강 연사로 가장 적절하다고 즉석에서 초청하였다. 그리하여 그해 겨울 오랜만에 프랑크푸르트 공항에 도착하였는데, 구 선생은 본에서 그곳까지 자신의 승용차를 몰고 마중 나와 주었다. 감격한 나는 거의 눈물이 날 정도였다. 생각해 보라, 왕년의 술꾼 학생, 어쩌다 길가에서 마주치면 "이봐, 자네 요즘도 술만 마시고 다니나?" 소리를 듣던 비모범 학생이 바로 그 은사로부터 특강 초청을 받고, 먼 이국땅 공항에서 그가 손수 운전하고 온(그것도 본에서 프랑크푸르트까지!) 메르세데스 자동차를 타고 가게 되었으니 말이다. 포럼이 성공적으로 끝난 다음 선생은 댁으로 나를 데리고 갔다. 이 같은 방문은 독일을 갈 때마다 특별한 일이 없는 한 이어졌다. 선생은 자상하였고 책임감이 강했다. 조국에 대한 열정과 사랑이 남달라서 1990년대 이후에는 다시 열렬한 한국인이 되었다. "할 수 없네, 여보게, 우린 센티멘털리즘을 재산으로 삼을 수밖에 없을 것 같아." 1990년대 후반 이후 선생은 다소 지쳐 있었다. 그는 센티멘털한 한국어 시집을 내놓고(어쭙잖은 대로 내가 해설을 써 드렸다) 홀연히 세상을 떠났다. 너무나도 간결한 인생을 그는 휙 지나갔는데, 독일 문학과 한국 문학의 게임은 과연 심플하게 이어질 것인가, 그냥 지나갈 것인가.

인간을 향하여 인간을 넘어서

초판 1쇄 인쇄일 · 2006년 8월 25일
초판 1쇄 발행일 · 2006년 8월 30일
지은이 · 김주연
펴낸이 · 임성규
펴낸곳 · 문이당

등록 · 1988. 11. 5. 제 1-832호
주소 · 서울시 성북구 동소문동 4가 111번지
전화 · 928-8741~3(영) 927-4990~2(편)
팩스 · 925-5406
ⓒ 김주연, 2006

홈페이지 http://www.munidang.com
전자우편 webmaster@munidang.com

ISBN 89-7456-345-2 03810